書下ろし

父よ子よ

風烈廻り与力・青柳剣一郎㊼

小杉健治

祥伝社文庫

目次

橋場
料理屋『ます家』
三囲稲荷社
入谷
浅草
吾妻橋
源森川
業平橋
隅田川（大川）
本所石原町
両国橋
竪川
大横川
一つ目弁天
深川北森下町
薬研堀
小名木川
新大橋
仙台堀
永代橋
深川
深川冬木町
富岡八幡宮
木場
材木問屋『木曾屋』

「父よ子よ」の舞台

北
東
南
西
善行寺
本郷
不忍池
池之端仲町
佐久間町
神田川
小川町
柳原通り
神田多町
下駄屋『駒田屋』
江戸城
南町奉行所
数寄屋橋御門
八丁堀

主な登場人物

真下治五郎《ましたじごろう》
剣一郎の剣の師。向島で隠居生活を送る。

→剣の師

〈青柳家〉

青柳剣一郎《あおやぎけんいちろう》
風烈廻り与力。柳生新陰流の達人で、賊を退治した際に頬に受けた刀傷の痕から、〝青痣与力〟と呼ばれ、市井の人々に畏れ敬われている

剣之助《けんのすけ》
剣一郎の伜。吟味方与力の見習い

志乃《しの》
剣之助の妻女

るい
剣一郎の娘

多恵《たえ》
剣一郎の妻女。勘が鋭く、剣一郎を支えながら、町の女たちの悩み相談にものっている

特命

仕える

〈南町奉行所〉

宇野清左衛門《うのせいざえもん》
奉行所を取り仕切る年番方与力。剣一郎の眼力を買い、難事件の探索を託す

長谷川四郎兵衛《はせがわしろべえ》
内与力。奉行の威光を盾に、剣一郎に高圧的な態度で難癖をつける

礒島源太郎《いそじまげんたろう》
大信田新吾《おおしだしんご》
風烈廻り同心。剣一郎と見回りにあたることも多い

植村京之進《うえむらきょうのしん》
定町廻り同心。剣一郎に強い憧れを抱いている

作田新兵衛《さくたしんべえ》
隠密廻り同心。変装の達人で、剣一郎の信頼が厚い

太助《たすけ》
猫の蚤取りを生業にしながら、剣一郎の手先として働く

第一章　満月の夜

一

三月十五日夕七つ（午後四時）過ぎ、青柳剣一郎《あおやぎけんいちろう》は供を従えて南町奉行所《みなみまちぶぎょうしょ》を出た。

各地の桜も四分咲きから七分咲きまでばらつきがあるが、花の盛《さか》りの季節になり、行き交《か》う人々の表情も明るい。

剣一郎の一行が京橋《きょうばし》に差しかかったとき、ふいに強い風が正面から吹いてきて、思わず手で目をおおった。

予期せぬ強い風をやり過ごして、一行は再び歩き出し、橋を渡ってすぐ右に折れ、竹河岸《たけがし》を行く。

剣一郎は気になった。風がこのまま強くなっていきはしないか。また、風が強く吹いたが、すぐに止《や》んだ。

竹河岸を過ぎ、白魚橋《しらうおばし》北詰から楓川《かえでがわ》に沿って歩いていると、正面からまたも強い風が吹いてきて一行の歩みを止めた。

八丁堀《はっちょうぼり》の屋敷に帰り、妻女の多恵《たえ》の手を借りて着替える。

「風が強くなりそうだ。十分に火の用心を」

奉公人にもいっそうの用心を呼びかけるよう多恵に言う。

「はい。よぶんな火は使わないようにしています」

多恵は答えてから、

「それにしても、なぜ急に風が」

と、細い眉《まゆ》を寄せて言う。

「どこかで大雨が降《ふ》っているのかもしれない。そのせいで強風が吹いているのでは」

最後に帯《おび》を締めて、剣一郎は呟《つぶや》くように言う。

夕餉《ゆうげ》を摂《と》り終えて居間に戻ったとき、庭で何かが転《ころ》がる音がした。また風が桶《おけ》を飛ばしたのか。が、風はまた止んだ。

陽《ひ》はとうに落ちたというのに、庭がやけに明るい。月の明かりだ。障子《しょうじ》に映る白い月影に誘われるように、剣一郎は障子を開けて濡縁《ぬれえん》に出た。

満月が皓々《こうこう》と輝いていた。今宵《こよい》は常《つね》の満月より大きく見えた。白い光が庭の隅々《すみずみ》まで明るくしている。神々《こうごう》しいまでの輝きに身が震えるようだ。

風を受け、月を眺めながら、剣一郎はふと五年前のことを思いだした。

（あのときの行脚僧《あんぎやそう》は……）

剣一郎が思いをめぐらせようとしたとき、

「おまえさま、どうかなさいましたか。さっきから月を眺めて」

と、多恵が声をかけてきた。

「この月の輝き」

横に並んだ多恵に、剣一郎は言う。

「ええ、ほんとうにいつになく白く輝いていますね」

多恵も魅入《みい》られたように応える。

「このような月夜には……」

剣一郎は思わず口にする。

「何かあるのですか」

多恵が不安そうにきいた。

「うむ」

庭で物音がした。風ではなかった。

庭の暗闇《くらやみ》から太助《たすけ》が姿を現わした。

「どうかなさったのですか」

剣一郎と多恵がいっしょに夜空を見上げていたので、太助は訝《いぶか》ってきいた。

「あの月」

多恵の声に、太助も振り向いて月に目をやった。

「ずいぶん明るい月ですね」

太助も呟く。

太助は猫の蚤取《のみと》りやいなくなった猫を捜すことを生業《なりわい》にしている。

太助は子どものときに親を亡《な》くし、ずっとひとりで生きてきた。が、あるとき母が恋しくなり、悲嘆《ひたん》にくれていると、たまたま通りかかった剣一郎に励まされたことがあった。それから、太助は元気を取り戻した。そのことを恩義に思っていた。

太助はある縁から剣一郎の手先としても働いている。多恵も気立てもよく明るい性格の太助を気に入り、今では家族の一員のようになっていた。

「これと同じ輝きの月を過去に何度か見た。だが、強風を伴《ともな》っていたのは一度……」

再び、以前出会った行脚僧に思いを馳《は》せかけたとき、半鐘《はんしょう》の音が聞こえ、剣一郎は言葉を呑《の》みこんだ。

「青柳さま。半鐘が」

太助が叫《さけ》んだ。

「見て参ります」

太助は外に飛び出していった。

また、強い風が吹いた。すぐに風は止んだが、不安定な風の吹き方に不安が増した。

太助が戻ってきた。

「茅場町《かやばちょう》の火の見櫓《やぐら》では、神田須田町《かんだすだちょう》辺《あた》りから火の手が見えるとのことです」

「よし」

剣一郎がすぐに支度《したく》を整え、出かけようとしたとき、風烈廻《ふうれつまわ》り同心《どうしん》礒島源太郎《いそじまげんたろう》と大信田新吾《おおしだしんご》が駆《か》けつけてきた。

「神田須田町方面から出火のようです。お奉行も出動します。我らも現場の見廻りに」

奉行所内の火の見櫓から見張りが火の手を発見、ただちに火元の確認に小者《こもの》を走らせた。そして、その報告を受けて、南町奉行も火事場与力らとともに火元に駆けつけるという。

「さきほど、植村《うえむら》さまも向かわれました」

源太郎が告《つ》げた。

避難する者の安全確保のための誘導だけでなく、火事のどさくさに紛《まぎ》れて盗みを働く不心得者もおり、同心たちはその監視もしなければならない。

剣一郎は屋敷を飛び出した。

楓川を越え、東海道《とうかいどう》に出た。

京橋方面から火事場装束《しょうぞく》に火事場頭巾《ずきん》をかぶった南町奉行が馬に乗って走ってきた。大火事の恐れがある場合、奉行自らが出馬をし、火事場の指揮をとる。

火元に駆けつけるのは月番《つきばん》の南町であり、今月非番の北町は後口《あとくち》、すなわち風上で指揮をとる。

火事場頭巾・火事羽織《ばおり》に野袴《のばかま》の出《い》で立《た》ちの火事場与力も騎乗し、引纏役《ひきまといやく》の同心らが走ってついていく。

「青柳さま」

騎馬の当番方《とうばんかた》の若い与力が馬から降《お》りた。

「どうぞ、お使いください」

「うむ」

剣一郎は頷《うなず》き、馬に跨《また》がった。

馬から降りた若い与力は走って火事場に向かった。

剣一郎は馬を走らせた。日本橋《にほんばし》を渡ると、大八車《だいはちぐるま》に家財道具を積んで逃げる者や、我先にとひとをかきわけ進む者であふれていた。

剣一郎は風の向きや火の手の勢いを考えながら、周辺を馬で走り回ってから再び日本橋に戻った。

風はないが、火事場では旋風が起こり、炎が大蛇《だいじゃ》のように屋根の上を這《は》って神田岩本町《いわもとちょう》から横山町《よこやまちょう》、小伝馬町《こでんまちょう》のほうに向かった。

剣一郎もそちらに馬を走らせた。

夜空に火の粉が飛んで、避難する者たちの近くで火の手が上がった。激しい悲鳴が起こった、

「落ち着け。こちらにはすぐに火は来ぬ」

剣一郎は叫ぶ。

横丁からも避難する者たちが出てきて、大通りは逃げまどう人々でごった返し、混乱を極《きわ》めた。

「南町の青柳剣一郎である。落ち着け」

剣一郎は大声を張り上げた。

「浜町堀《はまちょうぼり》のほうに向かえ」

剣一郎は逃げ道を示し、追いついてきた礒島源太郎と大信田新吾に、

「浜町堀へ向かわせろ。こっちはひとであふれている。浜町堀から逃げてくる者たちには大川《おおかわ》を目指すようにと」

と、命じた。

「はっ」

ふたりは誘導のために避難する者たちに向かって、

「こっちだ。こっちに行くのだ」

と、叫んでまわった。

火消しが建物をどんどん壊していく。火消したちの懸命の消火活動にも拘《かかわ》らず延焼は止まなかったが、西の空から雨雲が現われた。

月が隠れたと同時に大粒の雨が降りだした。

一夜明けた。風もなく、空は青く澄《す》んでいた。

編笠《あみがさ》をかぶり、剣一郎は日本橋の大通りを歩いた。本町《ほんちょう》の町並みは平生《へいぜい》と変わらず、神田鍛冶橋《かじばし》も被害は少なかった。

もし、風が止まず雨が降らなかったら、この辺り一帯も焼け野原になっていたことだろう。

火事は早く鎮火したが、それでも被害に遭《あ》った町は十数町、焼け出された者は何百人に及ぶ。

須田町に近づくに従い、被害が目につくようになり、神田鍛冶町から須田町にかけては焼け野原だ。表通りの土蔵造りの大店《おおだな》の建物だけがぽつんぽつんと残っていた。

人々があちこちで瓦礫《がれき》を片付け、大八車に積んで運んでいる光景が見られた。すでに復旧のための作業がはじまっているのだ。

大きな商家は火事に耐えうる土蔵があって品物を避難させ、また、深川《ふかがわ》辺りにある別処に材木を確保してあり、ただちに再建に向けて動き出せる。得意先や親戚の者などが火事見舞いや瓦礫の始末に駆けつけているのだ。

古着問屋があったはずの焼け跡に大勢のひとが並んでいる。

炊き出しが行なわれていた。焼け出された人々が長い列を作っていた。

どこぞの商家の番頭《ばんとう》ふうの男が先頭に立って、握り飯や味噌汁《みそしる》を大鍋で作って振る舞っていた。食糧だけではなく、衣類やふとんなども積まれてある。

働いているのは『越後屋《えちごや》』の奉公人だ。『越後屋』は神田佐久間町《さくまちょう》一丁目にある質屋《しちや》だ。

剣一郎はひとりひとりに食べ物を振る舞っている奉公人に目をやっていた。皆、一生懸命だ。

ふと、ひとがざわついた。剣一郎はそのほうに目をやった。『越後屋』の主人善右衛門《ぜんえもん》がやってきた。

善右衛門は四十歳。小肥《こぶと》りで、丸顔の穏《おだ》やかな顔だちだ。

食糧を手にした人々が善右衛門のもとに駆け寄り、頭を下げていた。老婆は善右衛門に向かって手を合わせている。

剣一郎は善右衛門に近づいた。

「これは青柳さま」

善右衛門は会釈《えしゃく》をした。

「いち早い炊き出し、頭が下がる」

剣一郎は素直に称賛した。

幕府は火事などの災害で被害に遭ったひとたちを助けるために御救《おすく》い小屋《ごや》を用意しているが、それとは別に『越後屋』は、災害で家を失った人々がいれば必ず炊き出しを行なっている。

「困っているときはお互いさまでございます」

善右衛門は何でもないように言う。

「去年の秋に嵐で洪水《こうずい》になったときも、貧しい者たちを助けた」

剣一郎は思いだして言う。

「いえ。私どもが商売出来るのも、暮らしの中で救いを求めにこられている方たちのおかげ。その恩返しですよ」

「いや、なかなか出来ることではない」

「青柳さまに、そう仰《おつしや》っていただけて光栄に存じます」

善右衛門は頭を下げた。さすが、仏の善右衛門と謂《い》われるだけのことはある。

剣一郎は復興の槌音《つちおと》を聞きながら須田町に向かった。

江戸の人々のたくましさに感心しながら、剣一郎は須田町から多町《たちよう》一丁目にやってきた。

この辺り一帯はかなり被害が大きい。土蔵造りの家も周りは焼け落ちていた。

だが、焼け跡もそこを境《さかい》に、北部の多町二丁目から先は焼け残った家が目立ち、さらにその先にある武家屋敷も被害はなかった。

火元がこの付近であることが想像された。

剣一郎は多町一丁目に戻った。焼け跡の前で、商家の主人と番頭らしい男を囲んで、南北町奉行所の同心や火盗改《かとうあらため》の与力が探索をしていた。町火消人足改《まちびけしにんそくあらため》与力の顔もあり、同心の植村京之進《きようのしん》もその中にいた。

出火の原因を調べているのだろう。

剣一郎はそこに近づいた。

黒焦《こ》げになり、崩れた壁が目に入った。

「青柳さま」

京之進が気づいて駆け寄ってきた。

「ここが火元か」

「はい」

「ここは？」

「下駄《げた》屋の『駒田屋《こまだや》』です。あそこにいるのが『駒田屋』の主人杢太郎《もくたろう》と番頭の喜平《きへい》です。主人の杢太郎の話では、昨夜は風が強かったので奉公人にも火の使用を禁じて、早々に休むように注意していたとのこと。番頭も同様に話しています」

「失火ではないのか」

「違います」

京之進は深刻そうな顔で続ける。

「昨夜、五つ（午後八時）前、庭の物置小屋の屋根に何かが当たったような音がしたそうです。それからしばらくして、裏手に火の手が上がったというのです」

「付け火か」

剣一郎は厳しい声で言う。

「はい。焦げた石が転がっていました。塀の外から幾つか投げ込まれたようです」

付け火は大罪だ。火あぶりの刑に処《しょ》せられる。

「これが見つかりましたが、手掛かりになりそうにも」

京之進は懐紙《かいし》にはさんだ布切れを見せた。黒焦げになっているが、一部が燃え切らずに残っていた。

「この布に油を染《し》み込ませ、石を包んで投げ込んだものと思えます。五つ投げ込んだようで、これだけが狙《ねら》いを外れ、植込みの中に落ちたので燃えずに残ったのではないでしょうか」

「なるほど」

剣一郎は頷いた。

黒っぽい色に模様がある。

「手拭《てぬぐ》いの一部か」

剣一郎は呟き、

「黒地ではないな。紫《むらさき》か、いや赤かもしれぬな」

「なるほど、赤のようですね」

「うむ。この白い線の模様は……」

剣一郎はじっと見つめたが、

「やはり、これだけではわからぬ」

と、諦《あきら》めた。

「いずれにしても、手拭いの全部か一部は赤地で、白い縁取《ふちど》りの模様がある」

「そうですね」

京之進は昂《たかぶ》って、

「この模様の手拭いを手掛かりに探索をします」

そのとき、背後を遊び人ふうの男が通っていった。

剣一郎は目をやったが、男はそのまま火元のほうに向かった。

「包んであった石は？」

剣一郎はきいた。

「これです」

京之進は懐紙に包んだものをもうひとつ取り出した。焼け焦げはない。

「他の焼け焦げた石は火盗改が持っていきました」

「これと同じような大きさか」

「はい。四つとも拳《こぶし》ぐらいの大きさです」

「同じ場所で拾い集めてきたものか」

「はい。石の質も似ていました。それも手掛かりになるかもしれません」

「青柳どの」

にやつきながら、武士が剣一郎に声をかけてきた。色白で、眉毛が濃く、刃物のような鋭《するど》い目をしている。三十半《なか》ばだ。

「ごくろうだな、青痣《あおあざ》与力どの」

武士はもう一度、声をかけた。

「山脇《やまわき》どの」

火盗改与力の山脇竜太郎《りゆうたろう》だった。

火盗改は火付け、盗賊や博打《ばくち》の胴元などの極悪人を探索する任を担《にな》っている。奉行所のように、証拠がどうのこうのという手間のかかることはしない。怪しいと思えば容赦《ようしゃ》なく、どこへでも踏み込んで、いきなり捕まえることが出来るのだ。

「植村どの、どちらが早く付け火犯を捕らえるかな」

山脇は不敵《ふてき》に笑い、その場から去っていった。

さっきの遊び人ふうの男が山脇のあとについていった。火盗改の密偵《みってい》のようだ。

「あの男に手拭いの模様のことを聞かれたかもしれぬな」

「ええ」

「火盗改に先を越されてはならぬ」

「はい」

功《こう》を焦《あせ》ってのことではない。火盗改は疑わしい者を強引に捕らえ、あとは拷問《ごうもん》にかけて、一切を白状させる。極悪人に対してはやむを得ない面もあるが、そんな荒っぽいやり口は無実の人間を罪に陥《おとしい》れる危険があった。

剣一郎は京之進と別れ、奉行所に戻った。

二

三日後、京之進は神田多町一丁目の『駒田屋』の焼け跡に向かった。

火元は火の気のない物置小屋だ。大風の夜に、提灯《ちょうちん》の明かりを頼りに物置小屋に物を探しに行って、誤って火が燃え移ったなどとは考えられない。

明らかに付け火だった。犯人は、油を染み込ませた手拭いで石を包み、火を付けて塀の外から庭の物置小屋に向かって投げ込んだ。

裏通りなので道行く人は少なく、目撃した者はいない。

果たして、付け火犯は最初から『駒田屋』の物置小屋を狙ったのか、それとも付け火の場所はどこでもよく、たまたま『駒田屋』だったのか。

京之進は付近を歩き回ったが、どの店でも付け火は可能だ。『駒田屋』でなければならない理由は見つけられなかった。

『駒田屋』の焼け跡にやってきた。主人の杢太郎が先頭に立って、奉公人たちと瓦礫の片づけをしている。

「旦那《だんな》」

手札《てふだ》を与えている岡《おか》っ引《ぴ》きの六郎《ろくろう》が近寄ってきた。三十歳。色白の優男《やさおとこ》だが、探索にかける情熱は誰にも負けない。

「『駒田屋』のことで妙なことを聞きました」

「妙なこと?」

「へえ。半年前に『駒田屋』を辞《や》めさせられた手代《てだい》がいたそうです」

六郎が続ける。

「最近、その手代が『駒田屋』の周辺をうろついていたと」

「辞めさせられた手代か」

京之進は厳しい表情で、

「確かめよう」

と、口にした。

『駒田屋』の焼け跡もだいぶ片付いていた。奉公人の作業を、主人の杢太郎と番頭の喜平が見守っている。

京之進は杢太郎に声をかけた。

「ちょっとききたいことがある」

「はい」

杢太郎は軽く頭を下げる。

「なぜ、付け火が『駒田屋』だったのか。何か思い当たることはないか」

「いえ」

「誰かに恨《うら》まれていたとか」

「とんでもない」

「客や下駄の仕入れ先ともめたことは？」

「それもありません」

杢太郎はかぶりを振った。

「旦那さま」

傍《そば》にいた番頭の喜平が厳しい顔で、

「あの件は？」

と、きいた。

「あの件とは？」

辞めさせた手代のことかと察したが、あえて相手から話させるために、京之進は知らぬふうを装《よそお》ってきいた。

李太郎は困惑したように顔をしかめた。

「どんなことでもいい。話してもらおう」

京之進は李太郎と喜平の顔を交互に見た。

「旦那さま」

喜平が詰め寄るように促す。

「うむ」

またも呻《うめ》いてから頷き、李太郎は京之進に顔を向けた。

「じつは、半年前に店の金を使い込んだために辞めさせた、恒吉《つねきち》という手代がいました」

李太郎は口を開いた。

「ときたま店の金がなくなっていることに気づいて見張っていたところ、恒吉が百両箱から銭を盗んでいったのです。問い詰めると、恒吉には呑み屋で知り合った女がいたそうで、その女のために金を……」

「盗んだ金はいくらだ？」

「十二両とちょっとです」

「奉行所には届け出なかったのか」

京之進は確かめる。

「はい。店から縄付《なわつ》きを出すのが憚《はばか》られまして」

李太郎は小さくなって言う。

「恒吉が店の金を使い込んだことは間違いないのか」

「間違いありません」

「本人も認めているのか」

「はい」

「恒吉はすんなり辞めていったのか」

「………」

「どうした？」

「いえ」

李太郎は首を横にふり、

「許してくださいと泣きながら訴えていました」

と、口にした。

「泣きながら?」

「はい。見苦しいほど這いつくばるように土下座《どげざ》をして哀願してきました。でも、他の者の手前もあり、許すことは出来ませんでした」

「許してもらえないとわかったときの恒吉の態度は?」

「不貞腐《ふてくさ》れて、悪態をつきながら出ていきました」

杢太郎が言うと、喜平が顔を歪《ゆが》め、

「店を辞めさせられたことで逆恨みをしているのかもしれません」

と、付け足した。

「じつは辞めてひと月ほどしてから、髪はざんばらでよれよれの着物姿の恒吉が、店の前に現われて大きな声を出していました。お客も気味悪がって」

喜平はさらに続けた。

「それからしばらく姿を現わさなくなったのですが、最近になって、女中が店の近くで恒吉らしき男を見かけたと言ってました」

「最近というと?」

「ひと月ほど前と、半月ほど前です」

「二度か。そのときの様子は？」

京之進はきいた。

「鋳掛《いか》け屋の恰好をしていて、店に顔を出すようなことはなかったようですが」

「その女中はここにいるか」

京之進は確かめる。

「はい。さっき、寮から来ました」

『駒田屋』は今戸《いまど》に寮があり、主人夫婦に家族、番頭をはじめとする奉公人は全員寮に避難していた。

男連中は片付け作業に通い、女中は握り飯を作って持ってくるという。

「呼んでくれぬか」

京之進は喜平に言う。

「はい、すぐに」

喜平は片付け作業をしている奉公人たちのところに行った。

喜平が声をかけると、昼食の支度をしていた若い女が顔をこっちに向けた。

喜平が女中を連れてきて、

「女中のおすみです」

と、引き合わせた。

「そなたは最近になって恒吉らしき男を見かけたそうだな」

京之進は問いかける。

「はい。ひと月前と半月前の二度です。職人の恰好をしていました。鞴《ふいご》のようなものを持っていたので、鋳掛け屋だと思いました」

「恒吉に間違いはなかったのか」

「はい。間違いありません」

「鋳掛け屋か」

京之進は呟いた。

鋳掛け屋は火を扱う。鞴で空気を送り込み、炭火を高温にし、金属を溶《と》かして鍋釜《なべかま》の修繕をするのだ。

「恒吉の挙動に不審なところはなかったのか」

「いえ」

おすみは否定したが、微《かす》かに目が泳いだ。

「何かあるのか。どんな些細《ささい》なことでもいい。話すのだ」

京之進は穏やかに迫った。

「はい……」

おすみは迷っていたが、ふいに顔を向けた。

「不審な動きはありませんでしたが……」

一呼吸して、おすみは続けた。

「じつは、火事のあった十五日の夕方、買い物から帰ったとき、裏口のあたりで恒吉さんらしき、二十五、六の中肉《ちゆうにく》中背《ちゆうぜい》の男の人を見かけたんです」

「なに、火事の日の夕方だと？」

「いえ、顔を見たわけじゃないんです。ただ、後ろ姿だけでした。半月ほど前に見かけた恒吉さんの姿に似ていました」

おすみはその男が恒吉だったと思っているようだ。

「その男は何をしていたのだ？」

「中の様子を窺《うかが》っているようでした」

「その男の顔をはっきり見たわけではないが、恒吉だと思っているのだな」

「はい」

京之進は改めて杢太郎らの顔を順に見て、

「そなたたちは、付け火は恒吉の仕業《しわざ》だと思っているのか」

と、きいた。

「いえ、とんでもない。そこまでは思っていません」

喜平はあわてて言う。おすみも同じ返事だ。

李太郎も頷く。

「いずれにしろ、思い込みによって恒吉を疑うことがないように。あとは我らが調べる」

「わかりました」

李太郎は頷いた。


鋳掛け屋の身なりだったことを手掛かりに、京之進は翌日には恒吉が深川の北《きた》森下町《もりしたちょう》の天秤《てんびん》長屋に住んでいることを割り出した。

さっそく、京之進と六郎は北森下町へと向かい、天秤長屋の木戸を入った。

鍋と釜が描かれた腰高障子《こしだかしょうじ》を開けて、六郎が声をかける。

「ごめんよ。ここは恒吉の住まいか」

部屋には年寄りがいて煙草《たばこ》を吸っていた。

「誰だね？」

年寄りは面倒くさそうに言う。

「南町の植村京之進さまと手札をもらっている六郎というものだ」

年寄りが急いで煙草盆に煙管《きせる》の雁首《がんくび》を叩《たた》いて、上がり框《がまち》まで出てきた。

「同心の旦那に親分さんで」

あわてた様子で、年寄りは頭を下げ、

「恒吉の家は隣です」

と、答えた。

「隣か。鍋と釜が描かれているので、てっきり、鋳掛け屋の恒吉の家かと思ったのだが」

六郎が弁解する。

「あっしは鋳掛け屋の吾平《ごへい》と申します。じつは恒吉はあっしの弟子《でし》のようなものでして」

年寄りは自ら名乗った。

「詳しく話してもらおうか」

京之進が前に出て言った。

「旦那に親分さん。恒吉が何か」

吾平が不安そうにきいた。

「いや、たいしたことではない。ちょっと確かめたいことがあるだけだ」

京之進は答え、

「恒吉はいつからおまえさんの弟子になったんだ？」

と、きいた。

「へえ、四月《よつき》ほど前です」

吾平が語りだす。

「恒吉は働いていたお店を辞めさせられて自棄《やけ》になっていました。口入《くちい》れ屋で働き口を見つけようとしても、辞めさせられたことがあるのでお店勤《たなづと》めは無理で、棒手振《ぼてふ》りをしようにも体がついていかず、かなり焦っていました。それで、こんな年寄りでも出来る鋳掛け屋に誘ったんです」

「どこのお店にいたか知っているか」

京之進は確かめた。

「いえ、神田にある商家とだけ」

「辞めたわけは？」

「番頭と喧嘩《けんか》をしたと」

吾平は答える。

「なるほど」

吾平はほんとうのことを知らないようだ。

「それで、鋳掛け屋は順調にいっているのか」

京之進は鋭くきいた。

「まだ半人前です。なかなか思うように客が付かないようで。それでも、なんとか頑張っています」

吾平は目を細めて言う。

「そうか」

京之進は少し考えていたが、

「恒吉は商売でどの辺りまで行っているのだ?」

と、きいた。

「神田方面です。働いていたお店があったから土地勘が……」

吾平が途中で顔色を変えた。

「旦那。まさか」

「うむ？」

「先日の火事、火元は神田の商家だったそうですね。それも付け火」

吾平は目を剝《む》き、身を乗り出して、

「火元の商家とは恒吉が奉公していた店じゃ……」

と、声を震わせた。

「火元は多町一丁目にある下駄屋の『駒田屋』だ。恒吉が奉公していた店だ」

「…………」

吾平は口を開いたが声にならない。

「『駒田屋』の女中が、十五日の夕方、店の近くで恒吉らしき男を見かけていたのだ」

「あいつがそんなことをするはずない」

吾平は憤然《ふんぜん》と声を発した。

「疑っているわけではない。ただ、事情をきかねばならぬのだ」

京之進は穏やかに言う。

隣で戸が開く音がした。

「帰ってきたようです」

吾平が言う。

吾平が出て行こうとするのを引き止め、京之進と六郎は隣の戸の前に立った。

戸を開けると、二十五、六の中肉中背の男が部屋に上がったところだった。

「恒吉か」

と、六郎が声をかけた。

「はい」

恒吉の表情は強張《こわば》っていた。

「ききたいことがある」

「へい」

気弱そうな目をして上がり框に座り、恒吉は京之進と六郎を迎えた。

「この前の火事の火元は下駄屋の『駒田屋』だ。おまえさんが半年前まで奉公していた店だ」

京之進が切り出す。

「………」

恒吉はますます不安そうな表情になった。

「最近、よく『駒田屋』の近くまで出向いているようだな」

「へえ」

「なぜだ？」

「鍋釜の修繕の仕事をもらえないかと思いまして」

「『駒田屋』から追い出された身ではないか。それなのに、仕事をくれると思ったのか」

京之進は鋭くきく。

「番頭さんたちには相手にされないでしょうが、女中さんならと……」

「自分を追い出した『駒田屋』を恨んでいたのではないのか」

「恨むだなんて」

恒吉はかぶりを振った。

「しかし、辞めてひと月ほどしてから、髪はざんばらでよれよれの着物姿で店の前に現われて大声を出していたそうではないか。恨んでいたのであろう」

「そのときは……。でも、もともとはあっしが悪いのですから」

「逆恨みはないと？」

「もうありません。ですから、吾平さんの弟子になって鋳掛け屋として一からやり直そうとしたんです」

「五日前の十五日夕方、『駒田屋』の近くに行ったな」

「はい」

「その日の夜、『駒田屋』の物置小屋から火が出ているのだ。何者かが、火の付いた布を投げ込んだのだ」

「あっしじゃありません」

恒吉は叫ぶように訴えた。

「ちょっと商売道具を見せてもらうぜ」

六郎が土間に置かれた七輪《しちりん》、炭、鞴《ふいご》を調べる。

「どうだ？」

京之進がきく。

「特に変わったところはありません」

六郎は答えた。

「そうか」

五日も経《た》っているのだ。証《あかし》となるようなものを残してはいまい。

「ただ、こんなものが」

六郎が布切れを見せた。

「鏝《こて》を包んでいた手拭いです」

紫地に赤で獅子舞《ししまい》が描かれ、獅子の輪郭は白で、目鼻も白い。

「これ、燃えかすの模様と……」

焼け跡に残っていた布の一部に描かれていた模様に似ている。

「確かに、そうかもしれぬ」

京之進は鋭い目を恒吉に向け、

「この手拭いはおまえのものか」

と、問い詰める。

「旦那。そいつはあっしが恒吉にやったものです」

吾平が戸の外から顔を出し、口を入れた。

「いつのことだ？」

「へえ、恒吉が鋳掛けの修業に入ってしばらくしてですから、三月《みつき》ほど前です」

「やったのは何枚だ？」

「一枚です」

「何枚持っていたんだ？」

「一枚だけです」

「おまえさんはこの手拭いをどうしたんだ?」

「貰い物です」

「誰からだ?」

「深川の冬木町《ふゆきちよう》にある『おかる』という呑み屋の女将《おかみ》さんから。一年前に開店したとき、配っていたものです」

「冬木町の『おかる』だな」

京之進は手拭いを検《あらた》めた。確かに、おかるという文字も書いてあった。

翌日、京之進と六郎は深川の冬木町にある『おかる』を訪れた。

女将は三十前の細身で、うりざね顔の色っぽい女だった。

「ちょっとききたい」

六郎が切り出す。

「はい」

「これに見覚えはあるか」

六郎は手拭いを見せた。

「これは……」

女将は驚いた目を向けた。

「覚えがあるんだな」

「これは、去年、店の開店時に、来てくださったお客さんにお配りしたものです。この手拭いがどうかしたのですか」

と、逆にきいてきた。

「ちょっと確かめたいことがあってな」

六郎は続ける。

「この手拭いは何枚配ったんだ？」

「二十枚です」

「二十人か。渡した客のことを覚えているか」

「はい。皆さん、ほとんど常連さんになっていただきましたから」

「その中に、鋳掛け屋の吾平はいたか」

「吾平さんですか。ええ、おりました」

「で、吾平に渡したのは一枚だけか」

「そうです」

「何枚もらっていった客はいなかったか」

「それはいませんが、お客さん同士で譲《ゆず》ったりしていたかもしれません」

女将は慎重に答える。

「どういうことだ？」

「かみさんの手前、家に持って帰れないと仰るお客さんもいましたから」

「吾平はどうだ？　誰かから、譲ってもらったかどうか？」

「さあ、そこまではわかりません」

女将は首を横に振った。

六郎は頼んだ。

「すまないが、手拭いを配った客の名をすべて教えてもらえないか」

女将は深刻そうな顔で、

「この手拭いがいったいどうしたと言うんですか」

と、きいた。

「さっきも言ったように、確かめたいことがあってのことだ」

六郎は答える。

「でも」

女将は緊張した眼差《まなざ》しで、

「さっき、火盗改の与力がやってきて、同じように手拭いを配った二十人の名を挙げろと言われ、教えたところでした」

「なに、火盗改だと」

それまで黙って聞いていた京之進がはじめて声を発した。

「どうして、火盗改の与力はそなたのことがわかったのだ?」

「手拭いを扱っている『曙染屋《あけぼのぞめや》』さんを訪ね、この手拭いの柄がうちで注文したものとわかったそうです」

火盗改は手拭いの柄に気づいたのか。

そういえばと、京之進は思いだしたことがあった。油を染み込ませた布の柄の話を青柳剣一郎としていたときに背後を通りかかった男。火盗改の密偵だった。あのときの話を聞いていたのだ。

そして『曙染屋』に行き、手拭いの全部か一部は赤地で、白い縁取りの模様の注文を調べ上げたものと思える。

火盗改は『おかる』の女将が配った二十人をひとりずつ当たっていくつもりだろう。その二十人の中に、鋳掛け屋の吾平がいるのだ。

吾平の口から恒吉の名が出るだろう。

火盗改は恒吉に疑惑を向けるだろうか。怪しいと思えば、容赦なく捕らえて拷問にかけてでも口を割らせようとするはずだ。恒吉が拷問に耐えきれずにやっていないのにやったと認めてしまうかもしれない。京之進はそんな不安を抱いた。

三

その夜、八丁堀の剣一郎の屋敷を京之進が訪れた。

「夜分《やぶん》に申し訳ありません」

京之進は頭を下げた。

「いや、構《かま》わぬ」

剣一郎は鷹揚《おうよう》に応じ、

「付け火の件か」

と、京之進の強張った表情を見てきいた。

「はい。『駒田屋』を辞めさせられた恒吉という手代が、逆恨みから火を付けたのかもしれないと調べました。恒吉は今、鋳掛け屋吾平の弟子として……」

京之進はこれまでの経緯《いきさつ》を語った。

「恒吉が持っていた手拭いの模様は、紫地に赤で獅子舞が描かれ、獅子の輪郭は白でした。焼け跡に残っていた布の図柄に似ています。その手拭いは、深川冬木町にある『おかる』という呑み屋の女将が、開店時に客に配ったもので、吾平もその客の一人でした」

剣一郎は黙って聞いている。

「客には一枚ずつ配ったそうですが、中には家に持って帰れないので他の客に譲った者もいたようです。もし、恒吉が付け火の犯人だとしたら、もう一枚同じ柄の手拭いを持っていたとも考えられます。が、その証《あかし》はなく、今のところ、恒吉を犯人と決めつけることは出来ません。が、犯人ではないという確証もありません。ところが」

京之進は厳しい顔でさらに続けた。

「火盗改がこの手拭いの図柄に目をつけたようで、手拭いを扱っている『曙染屋』に赴《おもむ》き、紫地に赤と白の図柄の手拭いの注文主を調べ上げ、『おかる』にやってきたそうです」

「火盗改が」

剣一郎は思わず呟いた。

「火盗改は女将が手拭いを配った二十人の客の名を控えていったとのこと。その中に吾平の名があり、やがて吾平から恒吉に行き着くでしょう。その恒吉が『駒田屋』を辞めさせられた手代だと知ったら、火盗改は……」

京之進は不安を口にした。

「まずいな」

剣一郎は顔をしかめた。

火盗改は同じ図柄の手拭いを持っていた恒吉が『駒田屋』を辞めさせられた経緯を知ったら、小躍《こおど》りするに違いない。付け火の犯人だと。

「火盗改は恒吉をしょっぴくかもしれぬな」

剣一郎は心配そうに言う。

「はい。その恐れは十分にあります」

京之進は焦ったように、

「火盗改の取調べで拷問にかけられたら、恒吉は耐えきれずに付け火を認めてしまうのではないでしょうか」

と、訴えた。

「うむ」

剣一郎は唸《うな》った。

「青柳さま」

京之進は身を乗り出し、

「恒吉をどこぞに逃がしましょうか」

と、提案した。

「いや、そんなことをしたら、かえって疑いを増すだけだ」

「では、どうしたら……」

剣一郎は腕組みをして思案した。

やがて、腕を解き、

「恒吉を捕まえよう」

と、口にした。

「お縄にするのですか」

「そうだ。奉行所としては強引過ぎるが、火盗改から守るためだ。少し長く大番《おおばん》屋《や》に留め置き、その間に恒吉の無実の証を探すのだ」

こうするしかないと、剣一郎は思った。

「それと、恒吉でなければ他に付け火の犯人がいることになる。その探索も怠《おこた》らぬように」

「わかりました」

京之進は納得したように頭を下げた。

京之進が引き揚げたあと、剣一郎は立ち上がって濡縁に出た。

星空に月はまだない。満月から数日経ち、月の出が遅くなった。

『駒田屋』の手代だった恒吉が逆恨みから火を付けたのかどうか、まだはっきりしないが、あの付け火にはもっと深いわけがあるのではと、剣一郎は考えている。

出火前、剣一郎はいつにも増して皓々《こうこう》と照っている月を見て、五年前の大火の直前に浜町堀で出会った行脚僧のことを思いだしていた。

あの行脚僧は月を見ながら何かを感じ取ったかのように、ひとり口の中で呟いていた。

それは聞き流すことの出来ないものだった。

五年前の二月十五日。春の温《ぬく》もりをわずかに感じるようになったが、葉を落とした木々はまだ寒々《さむざむ》としている。

昼を過ぎてから風が出てきた。徐々に強まってきたので、風烈廻り与力である剣一郎は、配下の同心礒島源太郎と大信田新吾とともに市中の見廻りに出た。日照《ひで》りが続き、空気も乾いている。ひとたび出火したら、大火になりかねない。

剣一郎の一行は麴町《こうじまち》から牛込《うしごめ》、小石川《こいしかわ》、本郷《ほんごう》を経《へ》て、湯島《ゆしま》から下谷広小路《したやひろこうじ》に出た。各町内の火の見櫓では見張りを立て、拍子木《ひょうしぎ》を叩いて町内の若者や鳶《とび》たちが見廻りに出ていた。

下谷広小路を抜けて、御成道《おなりみち》を筋違橋《すじかいばし》に差しかかったころに暮《くれ》六つ（午後六時）の鐘《かね》が鳴りだした。しかし、辺りは月影に明るく照らされていた。

筋違御門を抜け、八辻ケ原《やつじがはら》を突っ切って須田町に、さらに浜町堀に出た。汐見橋《しおみばし》の真ん中に、網代笠《あじろがさ》によれよれの墨染衣《すみぞめごろも》、手甲脚絆《てこうきゃはん》の行脚僧が、夜空を見上げて立っていた。

近づいていくと、ぶつぶつ何かを言っている。

その声が耳に入る。剣一郎は気になって傍《そば》に寄った、笠の下の顔は深い皺《しわ》が刻まれていた。

「月に魂《たましい》を奪われた者が狂いだす」

今度ははっきり聞こえた。

聞きとがめ、剣一郎は行脚僧に声をかけた。

「御坊《ごぼう》。月に魂を奪われた者が狂いだすとは、いかなることか」

「月の神々しい光はひとを惑《まど》わす。この月の明かりに魅入られて……」

行脚僧は月を見つめながら続ける。

「とんでもないことをしてしまう」

「とんでもないこと？」

冗談だと切り捨てられない鋭さがあった。

「おまけに、この風だ」

月に魂を奪われた者が狂いだすとは、まさか。

「御坊。月に魂を奪われた者がどこかで付け火をするとでも？」

「………」

行脚僧ははじめて剣一郎に顔を向けた。

額《ひたい》が広く、眼窩《がんか》はくぼんでいる。頰《ほお》はこけ、手足は細く瘦《や》せている。五十は過ぎているか。

「御坊の名は？」

剣一郎が行脚僧の名をきこうとしたとき、須田町の自身番《じしんばん》にある火の見櫓の半鐘がじゃんじゃんと鳴った。

どこかで火の手が上がったのが見えたのか。

礒島源太郎が火の見櫓に向かった。別の場所の火の見櫓でも半鐘が鳴りだした。かなり激しく叩いている。

源太郎が戻ってきた。

「小石川のようです」

やがて、半鐘の音が早鐘《はやがね》に変わった。湯島の町家に飛び火したようだった。

いつの間にか、行脚僧は姿を消していた。剣一郎は源太郎や新吾とともに火の手のほうに向かった。

風が炎を巻き上げている。剣一郎らは風上へと向かっていく。

人々は道の両端に寄った。空《あ》いた場所を火消しの一団が走り抜けた。纏《まとい》持ち、梯子《はしご》持ち、そして鳶口《とびぐち》を手にした一団だ。八番組と書かれた刺子《さしこ》半纏《ばんてん》を着ている。『か』組の火消だ。

すでに、須田町周辺を持ち場にしている「一番組・よ組」は駆けつけているはずだ。

頭上を火の粉が飛んでいく。背後からも出火した。強風に煽《あお》られ、火の粉が飛んで延焼した。

この大火は翌日未明に鎮火したが、本郷、湯島、神田、日本橋、そして東は両《りよう》国橋《ごくばし》の近くまで焼け尽くすほどの大惨事となった。百軒以上の武家屋敷が焼失し、二百軒近い町家が被害に遭い、焼死者も多数出た。

剣一郎はその火事を思いだす。

火元は小石川にある寺の本堂。本堂の床下で寝泊まりをしていた浮浪者の男の火の不始末が原因とされた。

しかし、剣一郎は行脚僧の言葉が気になっていた。

月の神々しい光はひとを惑わす。この月の明かりに魅入られて、とんでもないことをしてしまう。

月明かりに魅入られた者が付け火をする。剣一郎はそう解釈をした。しかし、実際は浮浪者の失火が原因だった。

五年前、あの行脚僧の言葉は火事とは別のことだったのかもしれないと思うようになったが、心の底では何かが引っ掛かっていた。

そして、先日の火事だ。

五年前にあの行脚僧が眺めていたのと同じような輝きの月だった。この月の明かりに魅入られて、とんでもないことをしてしまうという行脚僧の言葉が蘇《よみがえ》ったとき、半鐘が鳴ったのだ。

やはり、火事が発生した。

偶然か。

五年前の失火の張本人とされた浮浪者は、当初は火の不始末を否定しており、自分が床下を離れているときに、何者かが床下に入り込んで火を付けたのだと言い張った。

しかし、浮浪者の言い分は聞き入れられなかった。浮浪者は遠島《えんとう》になり、一年後に三宅島《みやけじま》で病死したはずだった。

もし、浮浪者の言い分が正しかったら……。そして、行脚僧の呟きが的を射《い》たものだったら……。

庭の暗がりに人影が現われた。

「遅かったな」

剣一郎は声をかける。太助だった。

「逃げた猫を捜すのに手間取ってしまいました」

太助は苦笑して言う。

「飯は？」

「まだ」

「じゃあ、食ってこい」

「でも」

「でも、なんだ？」

剣一郎がきく。

ちょうど多恵がやってきて、

「太助さん。遅かったのね」

と、安堵《あんど》したように言う。

「猫を捜すのに手間取ってしまって」

太助は多恵にも同じ説明をした。

「じゃあ、草むらに入ったり床下に潜《もぐ》り込んだりして体が汚れているでしょう。先に湯に浸《つ》かってきなさい。それから、夕餉を」

多恵は自分の倅《せがれ》に対するように言い、

「さあ、勝手口にまわって」

と、うれしそうに急《せ》かした。

そうか、体の汚れを気にしていたのかと、剣一郎は気づいた。多恵はすぐに察したようだ。そういえば、以前も同じように猫捜しで体が汚れているからと部屋に上がろうとしなかったことがあった。

太助が勝手口に向かい、多恵も去ったあと、剣一郎は改めて行脚僧に思いを馳せた。

あの行脚僧は出鱈目《でたらめ》を言っているとは思えなかった。月に魅入られて、燃え盛る火を見ることで快楽を覚える男がいると知っているのではないか。だと、すると……。

剣一郎は部屋に戻った。

しばらくして、太助がやってきた。

「さっぱりしました。お腹もいっぱいです」

太助は満足そうに口にした。

「猫を捜すのも楽ではないな」

剣一郎は同情する。

「いえ。いなくなったひとを捜すより楽です」

　太助は笑った。

「そうか。ひとのほうが難しいか」

　剣一郎は呟くように言う。

「青柳さま、何か」

　剣一郎の言い方が気になったのか、太助はきいてきた。

「ひょっとして、誰かをお捜しで」

「うむ。じつは、五年前にたった一度だけ見かけた行脚僧だ」

　剣一郎は行脚僧との出会いについて話した。

「五年前と先日の火事のときと同じような輝きの月だったのですか」

　太助が驚いたようにきいた。

「そうだ。皓々と輝く月だ。月明かりに魅入られて、とんでもないことをしてしまう者がいる。おまけにこの風だという物言いは、付け火を指《さ》しているとしか思えない。もっとも……」

　剣一郎は間《ま》を置いて続けた。

「そういう月が出ることは何度もある。それに、すべてにおいて、火事が発生しているわけではない。だから、行脚僧が言うように、月明かりに魅入られて付け火をするというのが一概に当たっているかどうかはわからない。付け火をしたが失敗に終わったこともあるのかもしれない。しかし、いずれにしろ、行脚僧から話を聞き出したいのだ」

剣一郎は切望《せつぼう》して言い、

「だが、今も江戸にいるかどうかわからぬ。ゆえに、捜そうとする必要はない。ただ、太助が猫を求めて歩き回っているときに、偶然にもその行脚僧に出会うかもしれぬ。だから、行脚僧のことを頭に入れておいて欲しいのだ」

「わかりました」

太助は頷き、

「あっしもいなくなった猫を捜して雑木林や竹藪《たけやぶ》などに入っていくとき、庵のような一軒家や物置小屋のような建物などにひとりで住んでいる男を見かけることがあります。おそらく、行脚僧はそんなところに住んでいるのかもしれません。ひと捜しのほうが猫を捜すより難しいと言いましたが、行脚僧だったらなんとか捜し出せそうです」

太助は自信を覗《のぞ》かせた。

多恵がやってきた。

「大事なお話ですか」

「もう終わった」

剣一郎は答える。

「そうですか。太助さん」

多恵が太助に顔を向け、

「今夜は泊まっていきなさい。もう床《とこ》を用意しておきましたから」

と、笑《え》みを湛《たた》えて言う。

「ありがとうございます」

太助はしんみり言う。

「あら、どうしたの？」

多恵が不思議そうにきいた。

「いえ、こんなにしてもらって、ありがたくて。おっかさんもきっと喜んでくれているると思うと……」

太助はクスンと鼻を鳴らした。

剣一郎は子どもだった太助が川っぷちで悄然《しょうぜん》としている姿を脳裏《のうり》に蘇らせ

た。身の苦労を嘆《なげ》き、母を思いだして泣いていたのだ。

剣一郎は声をかけた。あのときの子どもが立派になったと、剣一郎も感慨《かんがい》深いものがあった。

「太助。疲れているだろう。もう寝ろ」

剣一郎は声をかけた。

太助は今、母親のことを思いだしているのに違いない、ゆっくり母親との思い出に浸らせてやろうとした。

「はい。それではお言葉に甘えて」

太助は素直に挨拶《あいさつ》をして立ち上がった。

多恵も太助といっしょに部屋を出ていった。

すぐ多恵が戻ってきた。

「太助さん。おっかさんの夢を見るでしょうね」

「うむ」

「寝酒、呑みますか」

多恵がきく。

「もらおうか」

剣一郎も応じ、それからふたりで酒を軽く呑んだ。

四

翌朝、京之進は六郎を伴い、北森下町の天秤長屋に向かった。

長屋木戸を入り、まっすぐ恒吉の住まいに行く。

「ごめんよ」

と、六郎が戸を開けて土間に踏み込んだ。

恒吉は煙草を吸っていた。飯を食い終えたばかりのようだ。

「これは親分さん」

煙草盆の灰吹《はいふき》に煙管を叩いて、恒吉は上がり框まで出てきた。

「恒吉」

京之進が改まって呼びかけた。

「へい」

恒吉は不安そうに返事をする。

「付け火の件で確かめたいことがある。自身番で話を聞こう」

「自身番ですって」

恒吉は驚いたように声を高め、

「どうしてですかえ。あっしは付け火なんか……」

「話は自身番で聞く」

京之進は突き放すように言う。

「………」

恒吉は唖然《あぜん》としている。

「植村の旦那」

背後で、吾平の声がした。

話し声が聞こえ、隣から飛んできたようだ。

「恒吉の疑いは晴れたんじゃないですかえ」

「新たな疑いが出てきたのだ。そのことを確かめるために自身番で話を聞くのだ」

「なぜ、自身番に？　確かめたいことがあるなら、ここでいいじゃありませんか」

吾平は訴える。

「吾平」

六郎が強い口調で、

「邪魔だてするんじゃねえ。やい、恒吉。やってねえというなら、自身番でそう言え。こっちは火盗改と違って、証《あかし》でもって罪を問うのだ。拷問で無理やり自白させるような真似《まね》はしないのだ」

と、まくし立てた。

「火盗改……」

吾平が顔色を変えた。

京之進は気になり、

「吾平。火盗改に何かあるのか」

と、確かめた。

「へえ、じつは昨夜、あっしのところに火盗改がやってきたんです」

「そうか」

もう来たのかと、京之進は心が騒いだ。

「どんな用件だ？」

「へえ、『おかる』からもらった手拭いを持っているかどうかと」

「なんと答えたのだ?」

「どこかにあるはずだが、今どこにあるかわからないと言うと、また、明日来るから探しておけと」

吾平は戸惑いながら言う。

「付け火の探索だ」

京之進は口にする。

「もし、あっしが正直に恒吉にやったと言ったら、恒吉を……」

「そうだ。恒吉を調べるだろう。『駒田屋』の件を知ったら、疑いはいっきに恒吉に向かう」

「………」

吾平は黙った。

「さあ、恒吉。ついて来るのだ」

六郎が強く言う。

「吾平のとっつあん」

恒吉が縋《すが》るように呼びかけた。

「恒吉、行くんだ」

吾平が突き放すように言った。

「とっつあん」

恒吉は泣きそうな顔をした。

「恒吉。こうなったら、出るところに出て、自分の潔白《けっぱく》を訴えるのだ」

吾平はなだめるように言い、

「旦那に親分さん、よろしくお頼みいたします」

吾平は頭を下げた。

吾平はこっちの考えを察したようだ。

恒吉はおとなしくついてきた。

いったん自身番に行き、月番の家主や店番がいる部屋の奥の、板敷きの狭い部屋に恒吉を連れ込んだ。

「恒吉、火事が起きた日の昼間、鋳掛け屋の姿をした若い男が大川端の河原にいたのを見ていた者がいた」

「あっしじゃありません」

恒吉は否定した。

「その男は河原で石を拾っていたようだと言う」

「石？」

「油を染み込ませた布で包み、火を付けて投げ込むためだ」

「あっしは知りません」

恒吉はかぶりを振って叫ぶ。

「諸々《もろもろ》の証から、おまえが付け火の犯人という疑いが濃厚になった」

京之進は強引に決めつけた。

「恒吉、おめえをお縄にする」

六郎が恒吉の体を押さえつけた。

それから、恒吉を本材木町《ほんざいもくちょう》三丁目と四丁目の間にある大番屋に送り込んだ。

翌二十三日朝、新大橋《しんおおはし》西詰から大川に沿って薬研堀《やげんぼり》に向かう途中で、男の死体が見つかったという知らせを受け、京之進は現場にやってきた。

現場は大名の下屋敷が建ち並ぶ裏手であり、死体は大川のそばの草むらに横たわっていた。

すでに、六郎が来ていた。

「旦那。殺しですぜ。匕首《あいくち》で腹部と心ノ臓の辺りを刺されています」

六郎が報告する。

「うむ」

京之進は頷いて死体の傍に行った。

六郎が莚《むしろ》をとると、土気色の顔が目に飛び込んだ。

京之進は死体を検《あらた》める。二十七、八歳か。中肉中背の男だ。腹部と胸の辺りが赤黒く染まっていた。他に傷はなく、いきなり腹部を、続けざまに心ノ臓を刺されたのだ。

「殺されたのは昨夜だろう」

京之進は言い、

「誰も見ていた者はいないのだな」

と、きいた。

「はい。ご覧のように向こうに武家屋敷が並んでいますが、屋敷の裏手です。つまり、屋敷の住人はここを通りません。通るのは新大橋を使って深川に行ったり来たりする者たちでしょうが、夜更《よふ》けではひと通りも絶えていたと思われます」

新大橋の近くに辻番所があるが、ここから少し離れている。

「辻強盗《つじごうとう》ではないな。出会い頭《がしら》のいざこざによるものでもない。二カ所以外に傷はなく、争ったような跡もない。ふいを突かれて刺されたようだ」

京之進はそう推し量《おはか》った。

「下手人《げしゅにん》は顔見知りですか」

六郎は気を昂《たかぶ》らせ、

「殺された男の身元がわかれば、下手人が浮かび上がってくるかもしれませんね」

と、言い放った。

「で、死体を見つけたのは誰だ？」

京之進はきいた。

「あそこに見える辻番所の役人です。明け方、小屋を出て辺りを見回したとき、何かが横たわっているようなので、念の為に様子を見に行ったところ、死体だったということです。この番人はここでひとが殺されたことに驚いていました」

「よし、その番人から話を聞いてみよう」

京之進は六郎とともに辻番所に向かった。

辻番人は四十歳ぐらいの大柄な男だった。

京之進は名乗ってから、

「死体を見つけたそうですな」

と、切り出した。

「空が白みだして、小屋を出て辺りを見回したとき、大川端に何かが横たわっているのに気づいたのです。それで、近くに行ってみたら、男が仰向《あおむ》けに倒れていて……」

番人は答える。

「殺されたのは昨夜です。何か異変に気づきませんでしたか」

「いや、なにも」

番人は首を横に振る。

「昨夜遅く、往来する者はいましたか」

「何人か通りました。でも、川っぷち近くを歩くひとの顔までは暗くてわかりません」

「ふたり連れを見かけませんでしたか」

下手人を顔見知りだと考えてきいた。

「ふたり連れ?」

「ふたりか三人で歩いていった者がいたかどうか」

殺された男はおそらく下手人といっしょに歩いていたに違いない。ただ、新大橋のほうからやってきたかどうかはわからない。

薬研堀のほうからだったら、番人の目には入らない。

「そういえば、ふたつのひと影が並んで歩いているのを見ました」

だが、そのふたりが殺された男と下手人だと考えるのは早計《そうけい》だった。

ふと、思いついて、

「ふたり連れが行き過ぎたあと、ふたりが歩いていった方角からひとりが戻ってきませんでしたか」

このふたり連れが殺された男と下手人だと想定しての質問だった。下手人は男を殺したあと、来た道を引き返したに違いないと思った。

「そういえば」

番人は目を細め、

「確かに、ふたり連れが薬研堀のほうに歩いていったあと、そのほうから長身の男がひとりやってきました。そうだ。ふたり連れの片割れも長身でした」

「長身の男か」

もちろん、それが殺しを終えた下手人だという証はなにもない。だが、京之進はさらにきいた。

「ふたり連れを見た時刻は？」

「確か、四つ半（午後十一時）だったと……」

番人は答えた。

きくべきことをきいてから、京之進は礼を言って辻番所をあとにした。

「旦那」

六郎は興奮していた。

「今話に出たふたり連れ、怪しいですぜ」

「まだ、決めつけられぬ。だが、殺された男の身元がわかれば、男の動きが見えてくる。まず、身元だ」

京之進は六郎を叱咤《しった》するように言う。

「今日中にはわかるでしょう」

六郎も応じた。

再び、現場に戻った。

春にしては冷たい風が、大川から吹いてきた。

京之進は現場を離れ、大番屋に向かった。

江戸橋を渡り、大番屋に近づいたとき、前方から歩いて来る侍《さむらい》を見て、京之進は思わず身を硬《かた》くした。

色白で、眉毛が濃く、刃物のような鋭い目をしている。火盗改与力の山脇竜太郎だ。

ふたりの距離が縮まった。

「これは山脇どの」

京之進が先に声をかけた。

「植村どのか。鋳掛け屋の恒吉を付け火の犯人として捕まえたそうだな」

「まだ、犯人と決まったわけではありません。その疑いが強まったので捕まえたまで。これから吟味ではっきりするでしょう」

京之進は答え、

「ひょっとして、山脇どのも恒吉に目をつけていたのですか」

と、とぼけてきいた。

「恒吉はやったと白状したのか」

「いいえ。でも、証を揃えて問い詰めれば観念するはずです」

「甘い」

　山脇は口を歪めて、

「恒吉が正直に罪を認めるとは思えぬ。付け火をするような奴は火盗改のやり方でやらねば落とせぬ」

と、言い放った。

「拷問ですか」

「実際に拷問するかは別にして、拷問もあり得るという脅《おど》しをもって取調べをするということだ」

無実の者を罪に落としかねないと言い返そうとしたが、言い合いになるのを恐れて、京之進は口をつぐんだ。

「もし、手に余るようなら、火盗改が恒吉を引き取る」

山脇は傲然《ごうぜん》と言い、京之進の前から離れた。

厭味《いやみ》のような言い方は、先を越された悔しさからだろう。やはり、火盗改は恒吉が付け火をしたと決めつけているようだ。

なぜ、そこまで思い込めるのか。

京之進は大番屋に行き、仮牢から恒吉を呼び出した。

ここに連れ込まれて一日経ち、恒吉の顔に窶《やつ》れが見えた。

「どうだ、体の具合は？」

京之進はきいた。

「小伝馬町に送られると思うと、飯が喉を通りません」

牢屋敷は狭い牢内にたくさんの囚人《しゅうじん》が押し込められ、陽《ひ》は射《さ》さず、衛生面も劣悪《れつあく》で、病死したり、あるいは牢役人たちや同房の囚人から理不尽にもなぶり殺しの目に遭ったりする、恐ろしい場所だと恒吉は思い込んでいた。

「今、新たな証を探している。それによって、牢送りかどうかが決まる」

京之進は言う。

「あっしはほんとうになにもやっちゃいません」

「わかっている。もう少しの辛抱《しんぼう》だ」

京之進は意味ありげに言う。

「………」

大番屋に連れ込まれてもあまり取調べをされないことに、恒吉は不審を持ちはじめているようだ。

京之進は恒吉を仮牢に戻した。

番人にあとを任せ、京之進は大番屋を出た。

外に吾平が立っていた。

「旦那。恒吉の様子はどうですか」

心配そうにきく。

「なんとか落ち着いているようだ」

「そうですか」

吾平は頷き、

「火盗改がまたやってきたので、手拭いは恒吉にやったと正直に答えました。それから、火盗改は恒吉が辞めさせられた『駒田屋』に行ったようです」

「うむ、やはり、火盗改は恒吉の仕業だと思い込んでいる」

「そうですか」

吾平はため息をついた。

「火盗改の手から救っていただいたのはいいんですが、もうそろそろ恒吉は小伝馬町の牢屋敷に送られるんじゃありませんか」

「うむ」

「それが心配です」

「恒吉も気にしていた。が、送り込んでもそんなに長くはかけない」

「そうですか。よろしく頼みます」

吾平は縋るように言う。

「恒吉にはしばらくひと知れずに身を寄せる場所はあるか」

京之進は念の為にきいた。ひと知れずとは、当然火盗改に気づかれないということだ。

「あっしの古い知り合いが浦安《うらやす》にいます。そこで匿《かくま》ってもらうことは出来ます」

吾平は余裕を見せて言う。

「わかった。そのときは相談する」

火盗改がどの程度恒吉の仕業だと信じきっているのか、そもそもその根拠が何か、知る必要があると思った。


京之進は神田多町一丁目の『駒田屋』の焼け跡に向かった。

初夏を思わす温かい風が焼け跡に吹いてきた。どこも瓦礫が片付けられてかなりきれいになっており、復興の槌音《つちおと》が各所から聞こえてくる。

『駒田屋』の焼け跡もきれいになり、仮小屋が出来て、商売をはじめる支度をしていた。

京之進が顔を出すと、主人の李太郎と番頭の喜平が近寄ってきた。

「ちょっとききたい」

「はい」

李太郎が応じる。

「恒吉のことで火盗改がやってきたな」

京之進がきく。

「はい。来ました」

「恒吉が店をやめさせられた経緯《いきさつ》や、逆恨みから怒鳴り込んできたことなども話したのだな」

「正直に話しました。いけなかったでしょうか」

「いや」

京之進は首を横に振ってから、

「火盗改は恒吉を付け火の犯人と決めつけている。何か我らが知らないことを話したか」

と、きいた。

「それが……」

杢太郎が困惑した表情で、

「うちの安吉《やすきち》という手代が、恒吉らしい男が火事の前日、須田町で油売りから油を買っているのを見かけたと話したのです」

「油を買っていた？　恒吉に間違いないのか」

「安吉はそう申していました」

「それを聞いた火盗改はどうした？」

「安吉からいろいろききだしていました」

「我らが話をきいたとき、安吉はその場にいなかったのか」

「いませんでした」

「今、安吉はいるか。いたら、呼んでもらおう」

「はい」

喜平が呼びに行った。

小肥りの浅黒い顔の男が強張《こわば》った表情でやってきた。

「安吉か」

京之進は確かめ、

「恒吉が油売りから油を買っていたのは間違いないか」

と、きいた。

「は、はい」

安吉は頷いてから目を下に向けた。

「油売りの名を知っているか」

「いえ、知りません」

安吉はすぐ答えた。

火盗改は油売りを捜し出し、売った相手が恒吉だったという証言を得たに違いない。

さらに、『おかる』が配った手拭いがもう一枚、恒吉の手に渡ったという確証を摑《つか》んだのかもしれない。

京之進は夕方にもう一度、大番屋に寄った。

恒吉を仮牢から連れ出し、莚の上に座らせた。

「恒吉、確かめたいことがある」

京之進はいきなり切り出した。

「火事の前日、おまえは須田町で油売りから油を買ったか」

「油ですって。いえ、買っていません」

「『駒田屋』の手代が、おまえが油を買っているのを見たそうだ」

「違います」

恒吉は否定し、

「手代とは誰ですか」

と、きいた。

「安吉という男だ」

「安吉……」

恒吉は憤然とした。

「どうした？」

「あっしは安吉とは反《そ》りが合わなかったんです」

「仲がよくないのか」

「なぜだかわかりませんが、あっしのことを快く思っていなかった」

まるで自分を貶《おとし》めるために、安吉は偽《いつわ》りを言っているという口振りだった。

しかし、恒吉のほうはどうか。ほんとうに嘘《うそ》をついていないのか。油売りの男から話を聞かねばならない。

恒吉を仮牢に戻し、京之進は大番屋の戸口に向かったが、果たして、恒吉はほんとうに何もしていないのか。京之進の自信が揺らぎ出した。

五

夕七つ（午後四時）に南町奉行所を出た剣一郎の一行は、京橋川の竹河岸を過ぎ、白魚橋の北詰から左に折れ、楓川沿いに出た。

楓川に沿って進むと、やがて大番屋の前に差しかかった。

大番屋から京之進が出てきて、ばったり会った。

剣一郎は立ち止まり、京之進にきいた。

「恒吉はここにいるのだったな」

「はい」

京之進は答え、

「じつは、恒吉が油売りから油を買っていたという証言を得て、火盗改は恒吉を付け火の犯人と確信しているようです。もしかしたら、他にも恒吉が犯人だという何らかの証を握っているのかもしれません」

と、訴えた。

「恒吉が油を買っていたというのは本当か」

剣一郎は確かめる。

「『駒田屋』の安吉という手代が見ていたそうです。それで、恒吉に確かめたところ、安吉は嘘をついていると、油を買ったことを否定していました。まだ、肝心の油売りから話を聞けていませんが……」

京之進は困惑ぎみに、

「恒吉がほんとうのことを正直に答えているかどうか、少し自信がなくなりました」

と、口にした。

「火盗改がそこまで確信を持っているとしたら、おいそれと恒吉を放免出来ないな。奉行所では付け火の犯人を明らかに出来なかったとして、改めて恒吉を捕えるかもしれない」

「はい」

「小伝馬町の牢屋敷に送り、吟味により無罪という裁きが出たとしても、火盗改が引き下がるとは思えない」

剣一郎は言ってから、

「ともかく、安吉の証言の真偽《しんぎ》を調べるのだ」

と、命じた。

「わかりました」

京之進は意気込んで言った。


剣一郎が八丁堀の屋敷に帰ってくると、太助が待っていた。

「こんなに早く、珍しいな」

剣一郎が声をかける。

「青柳さま。見つかりました。仰っていた行脚僧です」

太助がいっきに言う。

「なに、見つかったのか」

剣一郎は思わず身を乗り出した。

「橋場《はしば》の『ます家《や》』という料理屋の裏にある掘《ほ》っ建《た》て小屋に住んでます。青柳さまが仰っていた行脚僧にまず間違いないかと」

太助は説明する。

「よくわかったな」

「数年にわたり、あちこちの辻に立って托鉢《たくはつ》している行脚僧が浅草《あさくさ》の辺りにいると、猫の蚤取りを頼まれたご新造《しんぞう》さんから聞いたのです。雷門《かみなりもん》に行ってみたら、それらしき行脚僧が立っていました。それで、あとをつけたのです」

「そうか。こんなに早く見つけてくれるとは。よくやった」

剣一郎が讃《たた》えると、太助はうれしそうに顔を綻《ほころ》ばせた。

「すぐにも会いに行きたいが、夜の訪問は迷惑であろう。明日、案内してくれ」

「わかりました」

太助は弾《はず》んだ声で応じた。

翌日、剣一郎は太助の案内で浅草の北、橋場に向かった。

川沿いにある『ます家』という大きな料理屋の裏手に掘っ建て小屋が建っていた。『ます家』の敷地内にあるようだ。

剣一郎はまず『ます家』の女将《おかみ》を訪ねた。

「これは青柳さま」

小肥《こぶと》りの女将は驚いたように目を見開いた。

「ちょっと訊《たず》ねたい。裏手に掘っ建て小屋があるな」

「はい」

「『ます家』のものか」

「そうです。もともと畑を耕す道具を仕舞っていた小屋です。あの小屋が何か」

女将は不審そうにきいた。

「行脚僧が住んでいるそうだが」

「はい。鬼市坊《きいちぼう》さまがお住みです」

「鬼市坊というのか。いつから住んでいるのだ？」

「五年前からです」

「五年前……。どういう経緯で住むようになったのか」

剣一郎は月を見て呟いていた行脚僧の姿を思いだしながらきいた。

「大雨が降った日の翌日、小屋で誰か寝ているのを、店の者が気づいたのです。亭主が小屋に行ったら、横たわっていたのは墨衣のお坊さんで、高熱でうんうん唸《うな》っていて。それで、お医者を呼び、手当をしてやりました。雨に打たれて、風邪を引いたようです」

女将は続ける。

「何日かして体の具合がよくなったとき、事情をきいたところ、ずっと野宿の暮らしをしてきたとのこと。それで、あの小屋に住んでもらうことに」

「そうか。それはよいことをした。しかし、鬼市坊どのはそれからずっと江戸にいるのだな」

「そうです。毎日、雨の日も風の日も托鉢に出かけ、あちこちで立っているようです」

女将は感心したように言った。

行脚僧は諸国を巡って修行をするものだが、鬼市坊は五年前からずっといるという。五年というのはこの掘っ建て小屋に住みだしてからの期間で、実際はもっと前からいるのかもしれない。

修行ではない。鬼市坊には他に目的があるように感じられた。

「鬼市坊どのに会いたいが、小屋を訪ねていいか」

剣一郎は了承を得る。

「構いませんが、もうお出かけかと」

「出かけた？」

「はい。いつも、六つ（午前六時）には出かけ、暗くなってから帰ってきます」

六刻（約十二時間）近く辻に立っていることになる。托鉢で得た金で自分の食い扶持《ぶち》を賄《まかな》っているのだろうが、そのためだけではないようだ。

「今日はどの辺りに行ったかわからないか」

「わかりません。盛り場など、人出の多いところに行っているみたいですけど」

「近くの盛り場に行けば会えるだろう」

剣一郎は礼を言い、引き揚げた。

今戸橋を渡り、花川戸《はなかわど》から雷門に出た。

植木や盆栽を商っている前に人だかりがあり、浅草寺《せんそうじ》の参道沿いの並木道には奈良茶飯《ならちゃめし》の茶店《ちゃみせ》があって賑《にぎ》わっていた。

雷門に向かうひとは多い。

だが、托鉢僧の姿はなかった。

「ここではないようですね」

太助が辺りを見回して言う。

「うむ。両国広小路か下谷広小路、いや、湯島天満宮《ゆしまてんまんぐう》か神田明神《かんだみようじん》のほうか」

剣一郎は思案《しあん》する。

「池之端仲町《いけのはたなかちょう》の目抜き通りということも考えられます」

太助が言う。

「よし。池之端仲町から湯島天満宮、神田明神へと行ってみよう」

「へい」

剣一郎と太助は田原町《たわらまち》を抜けて東本願寺《ひがしほんがんじ》前を通り、新堀川《しんぼりがわ》にかかる菊屋橋《きくやばし》を渡り、新寺町《しんてらまち》から上野山下《うえのやました》に出て三橋《みはし》を渡った。

「青柳さま」

太助が声を上げた。

下谷広小路に入ったばかりの通りに、胸の前に鉢を持って僧が立っていた。網代笠によれよれの墨染衣。五年前に見かけた行脚僧に間違いないと、剣一郎は感慨深いものがあった。

笠の下で、鬼市坊が顔を上げているのがわかった。行き交うひとの顔を見ているようだ。やはり、そうだ。剣一郎は確信した。鬼市坊は誰かを捜しているのだと。

剣一郎は鬼市坊に向かって足を進めた。

鬼市坊は笠の内からじっとこっちを見ていた。

「鬼市坊どのか」

剣一郎は立ち止まり、編笠をとって声をかけた。

「………」

返事はない。

「私は南町奉行所与力青柳剣一郎と申す。御坊《ごぼう》は覚えていないでしょうが、五年前の月が皓々と輝いていた日、御坊は月を見上げながら何か呟いていた。私は聞きとがめ、御坊に声をかけた。覚えていらっしゃらないだろう」

鬼市坊は首を横に振った。

「あのとき、御坊はこう口にした。月に魂を奪われた者が狂いだす。月の神々しい光はひとを惑わす。この月の明かりに魅入られて、とんでもないことをしてしまうと」

「………」

笠の内の表情は見えない。だが、鬼市坊が微《かす》かに動揺しているのがわかった。

「月に魂を奪われた者がどこかで付け火をする。私にはそう聞こえ、御坊に訊《たず》ねると、ちょうど半鐘が鳴った。火事が起きたのです。そのとき、すでに御坊はその場を立ち去っていた」

剣一郎は間を置いて、

「御坊、あなたは何かを知っているのではありませんか。どうか、教えていただけませんか」

と、頼んだ。

「………」

鬼市坊は口を閉ざしている。

「先日も火事が起きました。ちょうど五年前の大火のときと同じような輝きの月でした。火事と月の輝きが関係していると、御坊は思っているのではありませんか。つまり、先日の火事も五年前の大火も、月に魂を奪われた者が付け火をしたのでは……」

うっと、鬼市坊はうめき声を発し、荒い息づかいになった。体もがたがたと震えだした。

「御坊」

剣一郎は呼びかける。

鬼市坊の荒い息づかいが少し治まってきた。剣一郎は落ち着いてくるのを待った。

　ようやく、鬼市坊の様子が穏やかになった。

　しかし、鬼市坊の口は開きそうもなかった。

　剣一郎は諦めていったん引き下がることにし、

「御坊、改めてお話を聞きたく、橋場の住まいを訪ねたい」

と、告げた。

「話すことはない」

　やっと、鬼市坊は口をきいた。かすれた声だった。

「御坊はずっと江戸にいて、毎日辻に立っているそうですね。ひとを捜しているのではありませんか」

　剣一郎はきいた。

　鬼市坊は黙っていた。

「そうなのですね」

　剣一郎は確かめ、

「でも、何年も捜していていまだに見つからない。御坊ひとりで辻に立って捜しても、見つけだすのはほとんど無理でしょう」

見つけたい相手が目の前を通らなければ見つけだせないのだ。

見つけだせないのは、もはや相手が江戸にいないからだということではない。

月の輝く夜に現われる付け火の犯人こそ、鬼市坊が捜している相手ではないのか。

「御坊。そのひと捜し、我らにも手伝わせていただきたい」

剣一郎は説《と》くように言う。

「このままでは見つからない。その間に、また魂を奪うような月が出たらどうなりましょう。また火事が……」

またも、鬼市坊は呻《うめ》いた。

やはり、捜しているのは月に魂を奪われた者だ。その者が付け火の犯人と、鬼市坊は思っているようだ。

「御坊、ひと捜しを我らに託されよ」

剣一郎は言葉を続ける。

しかし、返事はない。

剣一郎はため息をつき、

「改めて、橋場の住まいを訪ねましょう」

と、踵《きびす》を返した。

「青柳さま」

歩きだしたとき、かすれた声がした。

剣一郎は振り返る。

「捜してもらいたい」

鬼市坊が吐き出すように口にした。

「承知した。相手は？」

剣一郎は請《う》け合った。

「歳は二十八。名は梅太郎《うめたろう》。細身で色白。眉は太くて短い。切れ長の目で、鼻が高く、唇《くちびる》は薄い。背丈は五尺五寸（約一六五センチ）」

鬼市坊の声が止まった。

剣一郎は鬼市坊の顔を見る。続けて口を開きそうにもなかった。

「それだけですか」

「そうだ」

「御坊は梅太郎に会ったことはあるのですか」

「ない」

鬼市坊は首を横に振った。

「会ったことはないのに、それだけの特徴をどうして知ったのですか」

「…………」

鬼市坊は押し黙った。

「それだけで、捜せると？」

剣一郎は半《なか》ば呆《あき》れ、

「梅太郎のような特徴を持った男はそこら中にいます。会ったことがないのに、どうして梅太郎だと決めつけることが出来るのか」

と、疑問を呈《てい》した。

「左の二の腕に火傷《やけど》の跡があるそうだ。それで確かめられる」

鬼市坊は自信を持って言う。

「この五年以上、捜し出せないでいた。これから先、捜し出せるとお思いか」

剣一郎は問うた。

「捜し出さねばならない」

鬼市坊は激しい口調で言った。

捜し出すには、もっと何か手掛かりが欲しい。

「梅太郎の仲間は？」

「知らない」

「どこに住んでいたんですか」

「わからない」

「梅太郎について他にわかっていることを教えていただけますか」

「何もない」

鬼市坊は突き放すように言う。

「御坊はなぜ、梅太郎のことを知ったのですか」

「たまただ」

「たまたま？」

「…………」

「御坊、何を隠しているのですか、梅太郎なる男を捜し出すため、何でも打ち明けてくだされ」

剣一郎は強く訴えた。

だが、鬼市坊は首を横に振るだけだった。

果たして、梅太郎は鬼市坊の妄想の産物なのか、それとも月の輝きに惑わされて付け火をする男が実在するのか。

第二章　材木問屋

一

火事から十日経《た》った二十五日の夜。京之進と六郎は神田相生町《あいおいちょう》の長屋から天《てん》秤棒《びんぼう》をかついで出てきた男に近づいた。

「油売りの庄太《しょうた》か」

六郎が声をかけた。

「はい」

庄太は戸惑いぎみに顔を向けた。

「少しききたいことがある」

道端に移動し、庄太は天秤棒を肩から外した。

「おまえさんは、この前の火事があった前日、須田町で恒吉という男に油を売ったと、火盗改《かとうあらため》に話したそうだが、間違いはないか」

　六郎がきいた。

「そのとおりです」

　庄太は不安そうに頷《うなず》いた。

「恒吉を知っていたのか」

「いえ、知りません」

「知らないのに、どうして恒吉だと言えるのか」

　京之進が鋭《するど》くきいた。

「火盗改のお侍《さむらい》さんが、恒吉という名だと教えてくれたからです」

　庄太は弱々しい声で言う。

「火盗改は、最初はどのようにきいてきたのだ？」

「おまえが恒吉という男に油を売っていたのを見ていた者がいる。どうなんだときかれ、名前は知りませんが若い男に売った、と答えました」

「それに対して、火盗改は何と？」

「客の特徴をきいてきました。だから、二十五、六歳の中肉中背《ちゅうにくちゅうぜい》の男で、どこかの手代《てだい》ふうだったと」

「手代ふうの男だったのか」

京之進は確かめる。

「はい」

「で、火盗改は？」

「恒吉に間違いない、恒吉はもともと商家で手代をしていたのだと」

手代をしていたのは半年前だ。今は手代という雰囲気はない。だが、二十五、六歳の中肉中背だというのは一致している。

「火盗改は、恒吉の顔を見るように言ったか」

「はい。でも、顔ははっきり覚えていないんです。そう言ったら、会えば思いだすだろうし、今のままで十分だ。場合によっては、吟味の際に証言してもらうかもしれないと言われて……」

庄太は困惑したように言う。

庄太の話だけでは、油を買ったのが恒吉だとは言い切れない。しかし、火盗改は強引に決めつけていた。

「恒吉は半年前まではある商家の手代をしていたが、今は辞めて鋳掛《いか》け屋をしている。そのような雰囲気の男ではなかったか」

「いえ、あっしは須田町辺《あた》りにある商家の手代だと思っていました。いつもは女中さんが買いに来るのに、たまたま代わりに手代がやってきたのだと」

「うむ」

　京之進は頷く。

　その考えが妥当《だとう》のような気がした。しかし、そうだとしたら、その手代が奉公する店も焼けてしまった公算が大きい。捜し出すのは難しい。

「庄太」

　京之進は口調を改め、

「ほんとうに顔を覚えていないか」

　と、きいた。

「はい。このひとだと言い切る自信はありません。もともと、あっしはひとの顔を覚えるのが苦手なので」

　庄太は気弱そうに言う。

「そうか。だが、念のために見てもらいたい男がいる」

「でも……」

　庄太は尻込みした。

「見てもわからないと言うのか」

「へえ」

「ともかく、見てもらおう」

京之進は庄太を大番屋に連れて行くことにした。

四半刻（三十分）あまりで、大番屋に着き、庄太を恒吉に会わせた。

庄太はまじまじと恒吉の顔を見ていたが、反応はなかった。

「どうだ？」

京之進は庄太にきいた。

「初めて見る顔だと思います。でも、あのときの客だと言われたら、そうだったかもしれないと……」

「はっきり、違うとは言えないか」

京之進は強く言う。

「違うと思いますが、自信はありません。火盗改のお侍さんが強く言い張るので、申し訳ありません」

庄太ははっきり否定しなかったが、恒吉ではないと思っているようだ。やはり、火盗改に逆らうことは出来ないのだ。

庄太の証言は頼りにならないと落胆した。しかし、恒吉だとはっきり口にしなかっただけ救いはあった。

翌朝、六郎の手下が大川のほとりで殺された男の身元を知る手掛かりを摑《つか》んできた。小間物《こまもの》の行商をしている富次《とみじ》という男が、四日前から長屋に帰っていないという。

ただちに六郎が昌平橋《しょうへいばし》北詰にある湯島横町の興三郎店《きょうざぶろうだな》に赴《おもむ》いた。富次の人相を聞きだしたところ、大川端の草むらで殺されていた仏に似ていると判断し、遺体との対面になったのだ。

昼前、奉行所の裏庭に、興三郎店の大家と、長屋の住人で卯平《うへい》という年寄りと房吉《ふさきち》という小肥《こぶと》りの若い男がやってきた。

京之進は三人を遺体のそばに連れて行った。

奉行所の小者が莚《むしろ》をめくった。

房吉が亡骸《なきがら》の顔を見るなり、

「富次」

と、叫んだ。

「富次に間違いないか」

京之進が確かめると、

「間違いありません。富次です」

と、手を合わせた大家が強張《こわば》った顔で答えた。

卯平も、

「富次です。なんでこんなことに」

と、叫んだ。

「何か心当たりはあるか」

京之進はきいた。

「富次はひとから恨《うら》まれるような男ではありません」

房吉が声を高めた。

大家と卯平も頷く。

「何かに巻き込まれたのかもしれぬな」

京之進は呟《つぶや》く。

大家はもう一度手を合わせてから、

「長屋に連れて帰りたいのですが」

と、口にした。

「いつでも構わない」

京之進は答える。身元がわかれば、亡骸を置いておく理由はない。

大家は卯平に向かい、

「とっつあん、富次を見守っていてくれるか。私は長屋に帰り、富次を迎える支《し》度《たく》をし、大八車《だいはちぐるま》を手配する」

と、告《つ》げた。

「わかりやした」

卯平は答える。

大家と房吉は長屋に戻った。

「富次と親しいのは誰だ」

京之進は残った卯平にきいた。

「さっきの房吉です。隣り同士で、いつもいっしょに酒を呑《の》んでいます」

卯平はしんみりと答える。

「富次は商売でどの辺りをまわっていたのか知っているか」

「本郷、下谷周辺から神田、日本橋。それと深川、本所《ほんじょ》にも足を延ばしていたそうです」

「四日前も深川に行ったかもしれないな」

亡骸が見つかったのは、深川へと続く新大橋の近くだった。

「夕方に、富次はいったん帰ってきています。それから、五つ（午後八時）ごろ、再び出かけたようです。厠《かわや》に行こうと外に出たとき、富次が住まいから出てきたんです。どこに行くのかきいたんですが、富次はちょっと確かめたいことがあってと言ってました」

「確かめたいこと？」

「ええ、そう言ってました」

「確かめたいことがあって深川に行ったのか」

死体を見つけた辻番は、新大橋のほうからやってくるふたり連れを見たという。京之進は富次の動きを想像した。

その日、昼間から富次は深川の得意先をまわっていた。そして、どこかで何かを見た。そのときははっきりしなかったが、夕方に長屋に帰ったあと、それが気になり、確かめるために再び深川に行った……。

やはり富次は新大橋を渡り、薬研堀方面に曲がり、昌平橋北詰にある湯島横町に帰るところだったようだと、京之進は思った。

四日前の四つ半（午後十一時）、辻番が見たというふたり連れが、富次と下手《げしゅ》人《にん》である公算が大きくなった。

下手人は富次を殺したあとに引き返し、新大橋を渡って深川に戻ったものと思える。


一刻（二時間）後、湯島横町の興三郎店から房吉と他の住人が大八車を引っ張って奉行所に到着した。

再びやってきた房吉に、京之進はきいた。

「富次とは親しかったそうだな」

「へえ。同い年で、気が合いました。こんなことになって悔しい……。一刻も早く、下手人を挙げてください」

房吉は嗚咽《おえつ》をもらした。

「殺された日、富次は深川からの帰りだったと思われる。そのとき、連れがいた。大川端で突然、連れの男に匕首《あいくち》で刺されたようだ。下手人は顔見知りだ。何か心当たりはないか」

「いえ、まったく思いつきません」

「逆恨《さかうら》みを買ったとは？」

「それも考えづらいですが」

房吉は首を傾《かし》げた。

「富次が深川のどの辺りを商売で歩き回っていたか、知らないか」

「森下町や佐賀町《さがちょう》、門前仲町《もんぜんなかちょう》などに懇意の客はいるようですが、一番の上得意は木場《きば》だと言ってました」

「木場？　材木問屋か」

「そうです。女中の人数も多く、櫛《くし》や簪《かんざし》、白粉《おしろい》などそこそこ買ってもらえると顔を綻《ほころ》ばせていたことがあります」

また、思い出して、房吉は涙ぐんだ。

「どこの材木問屋に出入りをしているか聞いているか」

「いえ」

木場には川並《かわなみ》や木挽《こびき》という職人がたくさん働いているが、それらの誰かと諍《いさか》いがあって殺しまで発展したとは思えない。

それに、新大橋を渡ってくるまで富次は長身の男といっしょに歩いていた。その男に対して警戒をしていたことは考えづらい。つまり、誰かと何らかの確執《かくしつ》があったとしても、それは連れの男ではない。やはり、何かに巻き込まれたのか。

しかし、新大橋から薬研堀方面に向かったふたり連れが富次と下手人だったという前提で考えていたが、まだそうだとはっきりしたわけではない。

まず、そのことをはっきりさせる必要がある。

「旦那。富次を連れて帰る支度が出来ました」

卯平が声をかけてきた。

「わかった。気をつけて行くように」

「へい」

長屋の連中が富次の亡骸を載せた大八車を引いて、奉行所の裏門に向かった。

京之進は門まで見送り、

「富次、必ず下手人を捕まえてやる」

と、大八車に声をかけて、手を合わせた。

京之進は六郎たちと深川で富次の足取りを追うことにした。

殺された二十二日、富次は昼過ぎに両国橋を通り、二ノ橋《にのはし》で竪川《たてかわ》を渡り、北森下町の得意先に顔を出し、その後、佐賀町から門前仲町を通り、木場に向かっていた。

木場では何軒かの材木問屋の台所に出入りをしていたようで、中でも懇意にしているのが『木曾屋《きそや》』だったという。

京之進と六郎は『木曾屋』を訪ねた。

「ちょっと出入りの商人のことできききたいのだが」

六郎が柔和《にゆうわ》な顔の番頭《ばんとう》らしい男に声をかけた。

「なんでしょうか」

番頭らしい男は表情に不釣り合いな冷たい目を向けた。

「小間物屋の富次がここに出入りをしていたな」

「小間物屋の富次ですかえ。ええ、確かに出入りをしています。出入りの商人のことでしたら、内儀《おかみ》さんか女中頭《がしら》が相手をしています。裏にまわっていただけますか。話を通しておきますので」

「わかった」

ふたりは土間を出て、裏口にまわった。

台所に行くと、小肥りの女が待っていて、

「女中頭のふさです」

と、挨拶《あいさつ》した。

「小間物屋の富次がここに出入りをしているそうだが」

京之進が切り出す。

「はい。富次さんが何か」

おふさが不審そうな顔をした。

「四日前、二十二日だが、ここにやってきたか」

「はい。いらっしゃいました」

「何時《いつ》だ？」

「夕七つ（午後四時）前です。いつも女中たちが忙しくなる前にいらっしゃいます」

「そのときの富次の様子に変わったところはなかったか」

六郎が口を出した。

「変わったところ？　いえ、いつものように女中たちを笑わせながら櫛や簪を売っていました。あの」

おふさが我慢しきれなくなったように、

「富次さんに何かあったのでしょうか」

と、きいた。

「ここに来た日の夜、浜町の大川端で殺された」

「えっ」

おふさが絶句した。

「富次さんが殺されたと言うのですか」

おふさの声が震えていた。

「深川からの帰りだったようだ。それで、富次の足取りを調べているのだ」

「富次さんが……」

おふさは悲鳴のような声を上げた。

通りかかった若い女中が、

「富次さんに何か」

と、近づいてきた。

「富次さんが殺されたって」

おふさが言うと、若い女中はへなへなとくずおれた。

他の女中も集まってきた。

泣き出す女中もいた。富次がいかに人気があったか、察せられた。

「いったい、誰が富次さんを……」

「下手人を捜すために、富次の足取りを追っているのだ」

六郎が口にする。

女中たちは口々に、普段と変わりはなかったと言った。

「ここを出たあと、富次はどこに向かうか知らないか」

「あと何軒か、材木問屋をまわっていたようです」

おふさが涙ぐみながら言った。

「どこだかわかるか」

おふさは何軒か材木問屋の名を口にし、

「どこも、うちほど出入りはしていないようでしたけど」

と、付け加えた。

「わかった。邪魔をした」

勝手口から出て表に向かう途中、箒《ほうき》を手にした男がこっちを見ているのに気づいた。

京之進は立ち止まった。男はあわててわざとらしく箒を使いだした。三十前で、中背の細身の男だ。どこか落ち着きのない雰囲気を感じる。

京之進は勝手口に戻り、その場にまだいた女中頭のおふさにきいた。

「三十前の、中背の細身の男は下男《げなん》か」

「はい。下男の半吉《はんきち》さんです」

おふさは涙の乾ききらない顔を向けた。

「ここには長いのか」

「八年ぐらいいるようです」

おふさは答えてすぐ、

「半吉さんに何か」

と、きいた。

「いや、なんでもない。ところで、小間物屋の富次は半吉と親しくはしていたかわかるか。顔を合わせる機会は多いと思うが」

京之進は念のために確かめる。

「さあ、富次さんがここに顔を出すのは十日に一度ぐらいですから、半吉さんと顔を合わせる機会は少なかったと思います。それに、半吉さんはひとと話すのが苦手みたいですから、ふたりが親しくなるとは思えません」

おふさは答えた。

「ひと嫌いか」

「はい。半吉さんとまともに話が出来るのは旦那《だんな》に番頭さん、それに手代の吉松《よしまつ》さんぐらいなものです」

「手代の吉松？」

「はい。半吉さんと同い年で、吉松さんの言うことは素直に聞いています」

いずれにしろ、富次とは接点はなさそうだった。

その後も、富次の足取りを追って、木場で聞き込みを続けた。

二

翌二十七日の朝、剣一郎は恒吉が留めおかれている大番屋に顔を出した。

すでに、京之進が来ていた。

「恒吉の様子はどうだ？」

剣一郎はきいた。

「元気がありません。いつ、牢屋敷に送り込まれるか不安でいっぱいのようです」

「うむ」

大番屋に連れ込んでから五日経つ。心労もかなりのものだろう。

牢送りにするか嫌疑《けんぎ》なしで解き放つか、いつまでもこのままにしておけない。

「油売りの庄太は、油を売った相手を恒吉だとは決めつけていません。わからないと答えていますが、ほんとうは否定したいのだと思います。火盗改の追及に逆らえなかったのです」

京之進は続けて、

「疑いが晴れた者をいつまでも留めおくことも無理があります。解き放って、火盗改の手の届かないところに逃がすことも考えていいのかと」

と、口にした。

「火盗改はまだ恒吉に疑いを向けているのか」

剣一郎はきいた。

「おそらく」

「確かめてみる。その上で、恒吉をどうするか決めよう」

「わかりました」

「ひとつききたい」

「はい」

「五年前の大火だ」

「五年前の……」

京之進は不思議そうにきいた。

「小石川にある寺の本堂の床下が火元の火事ですね」

「そうだ。そなたも火元の検証に立ち合っていたのだな」

剣一郎は確かめる。

「はい。立ち合いました」

「本堂の床下に寝泊まりしていた浮浪者の火の不始末が出火の原因ということであったな」

「はい、そうです。浮浪者は床下で煙草《たばこ》を吸っていたようで、その火が寝藁《ねわら》に燃え移って火事になったのです」

「付け火とは考えられなかったのか」

「はい、浮浪者の煙管《きせる》などが火元から見つかったはずです。浮浪者は自分ではないと否定していましたが、誰もが最初は認めようとしませんから」

「しかし、浮浪者は最後まで認めなかったのではなかったのか」

「そうですが……」

「現場に石ころは落ちていなかったか」

剣一郎は念のためにきいた。

「石ですか」

京之進ははっとしたようになり、

「ありました。石ころが幾つか転がっていました。まさか」

と、目を剝《む》いた。

「あったのか」

「まさか、先日の火事と同じ付け火だと……」

先日の付け火は、石に油を染《し》み込ませた布を巻きつけたもので行なわれていた。

「いや、まだ何とも言えぬ」

剣一郎は首を横に振ったあとで、

「あの火事で木場の、ある材木問屋が大儲《おおもう》けをしたという話が飛びかったようだが」

と、口にした。

その材木問屋は火事の起こる前に、材木を大量に買い占めていて、建て直し用として売りさばき、莫大な利益を上げたという。

「はい。しかし、火盗改が調べ、火事とは関係ないことが明らかになったのだったかと」

「火盗改が確かめたのか」

奉行所に戻った剣一郎は火盗改与力の山脇竜太郎に使いを出した。

使いの者が半刻（一時間）後に山脇の返事を持って帰ってきた。今日の八つ（午後二時）に、神田明神下にある『信州庵《しんしゅうあん》』という蕎麦《そば》屋で会うことになった。

昼過ぎ、剣一郎は編笠《あみがさ》をかぶり、着流しで両国橋西詰にやってきた。

鬼市坊が托鉢《たくはつ》の体《てい》で立っていた。相変わらず、あちこちの人通りの多い場所を転々とし、梅太郎を捜しているようだ。それも、梅太郎が偶然に目の前を通ることを期待しているだけなのだ。

歳は二十八。細身で色白。眉《まゆ》は太くて短い。切れ長の目で、鼻が高く、唇《くちびる》は薄い。背丈は五尺五寸（約一六五センチ）の男。果たして、梅太郎は月に魂《たましい》を奪われ、付け火をした男なのか。

鬼市坊の言い分は現実味に欠け、妄想としか思えないが、剣一郎は捨てておけないと思っている。鬼市坊はほんとうのことを言っているのかもしれない。

しかし、いかに剣一郎でも、鬼市坊の言い分だけで、奉行所を動かすことは出来ない。

したがって、鬼市坊に協力し、梅太郎なる男を捜すのは剣一郎と太助だけだ。

だが、捜し出すのは難しい。手掛かりが少なすぎる。わかっているのは梅太郎の特徴だけだ。

何か手掛かりが欲しい。どこで生まれ、どこに住んでいたとか、どんな仕事をしていたとか、なんでもいい。だが、それさえも鬼市坊は言おうとしないのだ。

鬼市坊は何かを隠している。

剣一郎と太助も町に出れば目を配るようにしていた。だが、このような方法では見つけだすのは無理だ。

しばらく剣一郎は少し離れた場所から眺めていたが、鬼市坊の様子に変化はない。

ときたま、喜捨《きしゃ》していくひとがいる。しかし、鬼市坊の笠の内にある目は大勢の行き交うひとの中に向けられているはずだ。

職人ふうの男が近づいてきて、鬼市坊の胸の前にある鉢に銭を入れて行った。剣一郎がその場を去ろうとしたとき、遊び人ふうの男の姿が目に入った。剣一郎ははっとした。背丈はちょうど五尺五寸ぐらい。

男が顔をこっちに向けた。細身で、色白。眉は太くて短い。切れ長の目で、鼻が高く、唇は薄い。まさに、梅太郎の特徴にそっくりだ。

やがて、男は鬼市坊の前に差しかかった。しかし、鬼市坊は微動だにしなかった。男はそのまま通りすぎて行った。

なぜだ、と剣一郎は訝《いぶか》った。梅太郎の特徴に似た男を見つけたら声をかけ、左の二の腕に火傷《やけど》跡があるかどうかを確かめようとするのではないか。

なぜ、それをしないのか。

男に気づいていなかったか。そんなはずはない。必死に捜しているのだ。間近を通りかかった男が視野に入らないはずはない。

まるで、はじめから梅太郎ではないとわかっていたようだ。会ったことはないと言っていたが、ほんとうは梅太郎を知っているのではないか。

だとしたら、なぜ、そのことを隠すのか。

鬼市坊に謎は多い。

気になりながら、その場を離れ、明神下に向かった。

剣一郎は明神下にある『信州庵』の暖簾《のれん》をくぐった。

亭主は何も言わずに二階の小部屋に案内してくれた。すでに、山脇が来ていた。

「お待たせいたしましたか」

剣一郎は口にしながら部屋に入った。

「いや、早く来すぎました」

笑《え》みを湛《たた》えて言うが、濃い眉の下の鋭《するど》い刃物のような目は笑っていない。剣一郎の用件を警戒しているのか。

剣一郎が向かいに腰を下ろすなり、

「青痣与力《あおあざよりき》どのが私に何の話が？」

と、山脇は探るようにきいた。

「単刀直入に言いましょう。先日の付け火の件です」

「やはりそうですか。そのことなら私もききたいことがあった」

山脇は真顔になった。

「どうやら、私と同じことを問題にしているようですな」

剣一郎は言い、

「山脇どの。火盗改は鋳掛け屋の恒吉を未だに付け火の犯人と決めつけているのですか」

と、確かめるようにきいた。

「もちろん。直接の証《あかし》はありませんが、状況を見れば恒吉は疑わしい。南町とて、そう思ったから捕らえたのではないか」

「そうです。しかし、調べたが、恒吉を付け火犯と確定させる証は見つからなかった」

「我らなら、自白させることが出来る」

「拷問《ごうもん》で？」

剣一郎は言い、

「極めて危険だ。無実の者を貶《おとし》めてしまいかねない」

と、言い切った。

「いや、それは拷問の仕方を知らない者の台詞《せりふ》です。我らは拷問を通してその者が真実を述《の》べているか嘘《うそ》をついているか、見極めることが出来る」

「しかし、恒吉の場合はどうか。火盗改は恒吉を付け火犯と決めつけている。罪を認めさせるための拷問ではないですか」

「いや、真実を暴《あば》くための拷問です」

「恒吉が罪を認めなかったとき、いかように火盗改は真実を見極めるのか。ほんとうにやっていなければ認めますまい」

剣一郎はさらに、

「それより、拷問の苦痛から逃れるために嘘の自白をしてしまうのでは？」

と、迫った。

「我らは諸々《もろもろ》の証を積み重ね、その上で拷問にかける。拷問を受けている様子から真実を見極めます」

自分たちの勝手な道理を強弁しているようにしか思えない。

「青柳どのは、恒吉は付け火犯ではないと言うのですか」

山脇が居直ったようにきいた。

「付け火犯だという証はありません」

「それは見解の相違。我らから見れば証は十分」

　山脇はさらに続ける、

「もし、南町で手に余るようなら、我らに恒吉を引き渡していただきたい」

「南町で嫌疑なしとして解き放ちをしたら、火盗改は恒吉を捕らえるつもりですか」

「そうなるでしょう」

　山脇は平然と言った。

「五年前」

　剣一郎は切り出す。

「小石川にある寺の本堂の床下から出火した大火を覚えておられましょう。先日の火事を上回る大惨事だった」

「本堂の床下で寝泊まりをしていた浮浪者の男の火の不始末が原因でした」

　山脇は答える。

「ほんとうにそうだったのか」

　剣一郎は疑問を呈《てい》する。

「どういうことです？」

「あの夜、月が皓々《こうこう》と照っていました。先日の火事のときも月が輝いていました」

剣一郎は鬼市坊の姿を思い浮かべながら言う。

「何が仰《おっしゃ》りたいのですか」

山脇は不思議そうにきいた。

「あのときの火事と今回の火事、似ているように思いませんか」

「月が照っていたというだけではないですか。五年前は本堂の床下、今回は商家の物置小屋」

「風も強かった」

「付け火犯はそのような日を選ぶのでしょう」

「五年前、浮浪者はほんとうに煙草の火の不始末で火事を起こしたのでしょうか」

「焼け跡から煙管が見つかっています」

「煙草を吸っていたからといって、それが出火の原因と言い切れましょうか」

「床下には藁や茣蓙《ござ》などを敷いていた。寒い夜だったので体に莚を巻き付けて、煙草を吸っていたのかもしれません。いずれにしろ、藁や茣蓙に火が燃え移って火事になったのです。浮浪者は火がついたと気づいて、すぐに床下から逃げだしたのです」

山脇はむきになっていう。

「こういうことは考えられませんか。何者かが、油を染《し》み込ませた布で石をくるみ、火をつけて床下に投げ入れた。たまたま、そこに藁や莫蓙があって、瞬《また》く間《ま》に燃え上がった」

剣一郎は想像を口にし、

「床下に石ころは転がっていませんでしたか」

と、きいた。

「石ころ？」

「そうです。床下にはないはずの石がいくつか転がっていなかったか」

「………」

山脇は急に押し黙った。

「あったのですね」

剣一郎は問い詰めるようにきいた。

「ええ」

山脇は小さく頷いた。

「どうして床下に石があると思いましたか」

「いや、深く考えなかった……」

山脇は消え入りそうな声で言い、

「青柳どのはその石はなんだと言うのですか」

と、居直ったようにきいた。

「付け火犯が投げ込んだのではないでしょうか」

「…………」

「浮浪者は最後まで付け火を認めなかったのです。浮浪者が言うように、出かけているときに火を投げ込まれたのでは」

剣一郎はずばり言った。

「ばかな」

山脇は冷笑を浮かべたが、顔は強張っていた。

「山脇どの、どうですか。今回と五年前の火事を比べてみてください。共通するものがあるかもしれません」

鬼市坊のことを話しても信じてもらえないと思い、口にするつもりはなかった。

「両方の火事は同じ付け火犯の仕業《しわざ》かもしれません。鋳掛け屋の恒吉は五年前はまだ『駒田屋』の手代でした。恒吉が付け火をしたとは思えません」

「………」

「今回の付け火は五年前と同じ人物の仕業というのが私の見立てです。つまり、今回の付け火は恒吉の仕業ではない。これが南町の考えです。したがって、恒吉は近々解き放ちにするつもりです」

剣一郎は言い切り、

「もし、恒吉を捕まえるなら、五年前の件を調べ直し、その上で判断してください。お願いいたす」

と、付け加えた。

「では、これで失礼いたす」

剣一郎は立ち上がった。

部屋を出て行こうとしたとき、

「青柳どの」

と、山脇が切羽《せっぱ》詰まったような声をかけた。

剣一郎は振り返る。

「どうぞ、お戻りを」

山脇は頭を下げて言う。

剣一郎は最初とは別人のような表情の山脇に驚きながら、元の座に戻った。

「五年前の火事は、我が殿が火盗改に任命されたばかりで、私にとってもはじめて手がける事件だった」

山脇は述懐《じゅっかい》するように語りだした。

剣一郎は黙って耳を傾ける。

「あれだけの大火をもたらしたのは誰か。我らは過失と放火の両面から探索をはじめました。出火したのは二月十五日の暮六《くれむ》つ（午後六時）すぎ。春はまだ浅く寒い日であり、往来に人気《ひとけ》はなく、不審な人物を見たという者は皆無でした。そして、付け火を否定することになったのが、本堂の床下で浮浪者が暮らしていたことです」

山脇は記憶を手繰《たぐ》るように話す。

「聞き込みによって、数か月前から浮浪者が住みついていて、床下で煙草を吸っていたことが明らかになり、その火が藁や莫蓙に燃え移って出火したという考えに至ったのです。これは町方の同心と同じ判断でした」

山脇は息継ぎをして続ける。

「しかし、そう断定するまでいろいろ調べました。ただ、幾つか落ちていた石については、子どものいたずらで落ちていることもあろうと……」

山脇は無念そうにため息をつき、

「今思えば、あの石についてもっと調べるべきだったのかもしれませんね」

と、やりきれないように首を横に振った。

「浮浪者の火の不始末と断じたのは火盗改だけでなく、我が南町もいっしょ。あの火事ではそう判断するほかなかったでしょう」

剣一郎はなぐさめるように言ってから、

「ところで、五年前の火事の際、ある木場の材木問屋が材木の買い占めをして大儲けをしたことが評判になった。当時、この買い占めの件と火事との関係を調べたそうですが」

と、口にした。

山脇は困惑した表情になった。

しばらく、口を閉ざしたままだった。剣一郎は不思議に思いながら、山脇の顔を凝視した。

三

剣一郎は山脇の口が開くのをじっと待った。

「『木曾屋』のことですね」

山脇はようやく口を開いた。

当時、『木曾屋』の調べで、何かあったのか。そのことが、山脇の口を重くしているのか。

やがて、大きく深呼吸をし、山脇は語りだした。

「『木曾屋』が材木を買い占めていた件で、主人の徳兵衛《とくべえ》に事情をききました。すると、材木の買い占めは当時の作事《さくじ》奉行拝島若狭守《はいじまわかさのかみ》さまから、近々幕府の浜御殿《はまごてん》の改築や、新たな将軍家の別荘の建築、また二の丸御殿の改築、さらには菩提寺《ぼだいじ》の塔頭《たっちゅう》の修繕などの普請《ふしん》計画が持ち上がっていることが耳に入り、徳兵衛はその仕事のすべてを受注してやろうと、材木の買い占めという賭けに出たということです。材木を大量に押さえておけば、仕事がまわってくると考えたのでしょう」

　山脇は息継ぎをし、

「そんな折りに起きたのがあの火事です。幕府は、大火からの復興を優先させるために、多くの普請を白紙に戻すことにしたようです。徳兵衛にとっては当てがはずれたことになりますが、幸か不幸か、買い占めた大量の材木が町の復興のために高値で売れたということです」

「幕府の普請はほんとうに計画されていたのですか」

　剣一郎は確かめる。

「作事奉行の若狭守さまにお伺いしたところ、そういう計画があったことはほんとうだそうです。そのことを雑談の中で徳兵衛に話したことも認められました。ただ、『木曾屋』が材木を買い占めていたことは知らなかったそうです」

「『木曾屋』の材木買い占めと火事との関係は？」

「いちおう調べました。『木曾屋』の奉公人をはじめ、徳兵衛の周辺の人物を当たりましたが、付け火をするような怪しい者は見つからなかった」

「火事が起こらなければ、幕府の普請は動いていたのだろうか」

　剣一郎はきいた。

「それが……」

　山脇は戸惑い気味に続けた。

「確かに、浜御殿の改築の話はあったが、具体的なものではなく、まして新たな将軍家の別荘の普請などは、そのような願いがあった程度のものだったと」

「そのような願いがあった程度のもの……」

「『木曾屋』の徳兵衛は、その話をまともに受け取ったということのようです」

「まともに、ですか」

　剣一郎は引っ掛かった。

「いずれにしろ、『木曾屋』に怪しむべきところはなく、当初の見立てどおり、浮浪者の火の不始末ということで落着しました」

　山脇は頷きながら言った。

「山脇どの」

　剣一郎は呼び掛け、

「最前、『木曾屋』の話を持ちだしたとき、顔色を変えたように思えました。このことで、何か」

　と、きいた。

「じつは……」

山脇は言いかけて、また口をつぐんだ。

「どうしました？」

剣一郎は追及するようにきいた。

「今回の火事が起きたふつか後、火盗改に密告があったのです」

「密告？」

剣一郎は驚いてきき返した。

「『木曾屋』は廃業した材木問屋『大島屋《おおしまや》』の在庫の材木をすべて引き取っていた。今回の火事でまた大儲けする、という内容でした」

山脇が厳しい顔で打ち明けた。

「それは事実で？」

「事実でした。『木曾屋』の徳兵衛は『大島屋』の在庫を引き受けたのは、たまたま『大島屋』の主人から助けてくれと頼まれたからだと言うのです。『大島屋』の主人に確かめると、徳兵衛の言うとおりでした」

「そのあとに、たまたま火事が起きたというわけか」

剣一郎は首を傾げた。

五年前と今回、『木曾屋』にとっては僥倖《ぎょうこう》ともいうべき火事の発生だった。そのようなことが二度もあることに疑問が向かうのは当然だ。

「密告は、『木曾屋』が付け火をさせたと暗《あん》に言っているわけですが、その証はありませんでした。徳兵衛の周辺には付け火をするような者が見当たらなかったのは五年前と同じです。ただ、今回は」

山脇は間を置き、

「付け火犯として鋳掛け屋の恒吉に疑いが向いた。そこで、徳兵衛との繋がりを調べたのですが、見つからなかった」

と、口にした。

「で、『木曾屋』は関係なく、恒吉の単独での火付けだと考えたわけですか」

「そうです。しかし、五年前と今回の付け火が同一人物によるものだという最前の青柳どのの指摘に、『木曾屋』の件も含め、何か重大なことを見落としていたのではないかという思いに駆《か》られて……」

「そうですか」

剣一郎は山脇の言葉を素直に受け止め、

「ところで、密告の主《ぬし》はわかったのですか」

と、きいた。

「いえ。でも、他の材木問屋の者ではないかと。徳兵衛も密告について、『木曾屋』に対するやっかみだと怒っていました」

「山脇どのは『木曾屋』に対して釈然としない思いを抱いていたのでは？」

剣一郎は鋭くきいた。

「まあ」

山脇は曖昧《あいまい》に答える。

そのとき、剣一郎ははたと気づいた。

「山脇どの。自分の中にある『木曾屋』に対する不審を、恒吉を付け火犯にすることで封じ込めようとしたのでは？」

剣一郎はずばりきいた。

「…………」

山脇は何か言いたそうにしたが、口は開かなかった。

「さっきも申しましたように、今回の火事を五年前の件と合わせて調べてみてください。恒吉の仕業だと思い込んでいると、真実を見失いかねない」

剣一郎はそう言い、改めて立ち上がった。

その日の夕方、剣一郎は奉行所に戻ってきた京之進を与力部屋に呼んだ。

「火盗改の山脇どのと会ってきた」

山脇とのやりとりを話したあとで、

「恒吉の件はもうだいじょうぶだ」

と、告げた。

「では、解き放っても火盗改は手出ししないのですね」

京之進は安堵《あんど》したように言う。

「そうだ」

剣一郎は応じてから、

「ところで、今回、火盗改に密告があったそうだが、奉行所には？」

と、確かめた。

「いえ、ありません」

「火盗改にだけか」

火付けの探索は火盗改だという考えからだろう。

「それにしても、同じ材木問屋が今回の火事でも儲けているとは……」

驚きを隠せぬように、京之進は目を見開いた。

「五年前と同じように、とくに怪しい動きはなかったそうだ」

「そうですか。そうだとしたら、つきに恵まれていますね」

「うむ。五年前と今回と、二度も大きな幸運が訪れている。決してあり得ないことではないが」

剣一郎は釈然としなかった。だが、火盗改の調べでは格別に問題はなかった。やはり、『木曾屋』はついていただけなのか。

しかし、やはり剣一郎は胸に何かが張りついているようでしっくりしなかった。

その夜、剣一郎は橋場の料理屋『ます家』の裏にある掘《ほ》っ建《た》て小屋に鬼市坊を訪ねた。

鬼市坊は帰ったばかりのようだった。

剣一郎は戸口に立ち、

「御坊《ごぼう》、よろしいか」

と、声をかけた。

鬼市坊は黙って頷く。

剣一郎は土間に入り、莫蓙に上がって腰を下ろした。

「御坊、お訊《たず》ねしたいことがあります」

剣一郎は静かに切り出す。

「昼間、両国橋の袂《たもと》に立っておられましたな。その際、梅太郎の特徴に似た若い男が目の前を通りすぎて行った。しかし、御坊は微動だにしなかった。なぜですか」

表情の変化を見逃すまいと、剣一郎は鬼市坊の顔を見つめる。

鬼市坊の片方の眉が微《かす》かに動いたが、表情に大きな変化はない。

「御坊、なぜですか」

剣一郎はもう一度きいた。

「さしたる理由はない。ただ、違うからだ」

「なぜ、違うと思ったのですか。私の目には、御坊から聞いた梅太郎の特徴にそっくりに映りました。どこが違ったのですか」

「………」

剣一郎は迫るようにきいた。

返事はない。

「まだ、私に話していない特徴があったのですか。だとしたら、なぜ、それを教えてくれなかったのか」

剣一郎は声を強め、

「御坊」

と、呼びかける。

「間近に通りかかった男を一目見て、梅太郎ではないと見抜いていたように思える。会ったことがない相手なのに、どうしてそう判断が出来たのですか」

「…………」

「あなたは何を隠しているのですか。御坊、お答えくださらぬか」

剣一郎は迫る。

「一度だけ、見かけたことがある」

やっと、鬼市坊が口にした。

「見かけた？　会ったことはないというのは嘘だったと？」

「ほんとうは一度見かけたことがある。だから、梅太郎ではないとわかった」

「一度見かけただけで、わかるのですか」

剣一郎は畳みかける。

「あとは勘だ」

剣一郎は疑わしく、

「御坊は一度だけでなく、梅太郎に何度も会ったことがあるのではないか」

「ない」

鬼市坊は首を横に振る。

「ほんとうに一度だけですか」

「そうだ」

「御坊は勘が鋭いのですか。自分の勘に絶対の自信をお持ちか」

「…………」

また、返事はない。

「御坊。御坊が一度だけ梅太郎を見かけたという、そのときのことを教えていただけますまいか。御坊。どうか」

剣一郎はなおも問いかける。

「私は二十七年前、二十五のとき、ある事情から江戸を離れ、あちこちを彷徨《さまよ》いながら奈良の山中にある寺に辿《たど》り着いた。そこで得度《とくど》をし、その寺で修行した」

鬼市坊は自分のことを語りだした。

「七年前に寺を出て、二十年ぶりに江戸に戻った。昔住んでいた本所石原町《いしわらちょう》に行ってみた。知っているひとは長屋にはいなかった。その後、ある満月の夜、まるで月の光に導かれるようにふらつきながら歩いている若い男とすれ違った。私はその動きを怪しみ、あとをつけた。すると、大店の裏塀に佇《たたず》み、火打ち石を使いだした。付け火だととっさに気づき、飛び出していった。若い男はすぐ逃げだし、追いつけなかった」

鬼市坊は無念そうに言い、

「そのときの表情が脳裏《のうり》に刻まれている」

と、付け加えた。

「歳は二十八。細身で色白。眉は太くて短い。切れ長の目で、鼻が高く、唇は薄い。背丈は五尺五寸（約一六五センチ）の男。その男の特徴をそう話しましたね。一度見かけただけで、歳までわかるのですか」

「月明かりに、相手の顔ははっきり見えた」

鬼市坊は言い切る。

しかし、剣一郎は素直に受け入れられなかった。先日は梅太郎と会ったことはないと言っていた。鬼市坊の言っていることは支離滅裂《しりめつれつ》だった。

「はじめて見た若い男を怪しんであとをつけたということですが、どうしてそう思ったのか」

剣一郎は肝心なことをきいた。

「何かに取りつかれたような男の異様な顔つきや動きからだ」

「それだけで、付け火をするかもしれないとわかるのですか」

剣一郎は不審を持ってきく。

「月に魂を奪われた男を知っている。その男と同じだった」

「同じとは何がですか」

「異様な顔つきだ」

「その男は誰なのですか」

「今はいない。死んだ」

「死んだ？　いつごろのことですか」

「もういい」

鬼市坊はそれ以上の答えを拒んだ。

「梅太郎という名はどうしてわかったのですか」

剣一郎は質問を変えた。

「私が勝手にそう呼んでいる」

「勝手に？　では、その若い男のほんとうの名ではないと？」

「そうだ」

そのようなことは言ってなかった。あのときの口振りでは、ほんとうに梅太郎という名だという言い方だった。

それを追及しようとしたが、無駄だと思って口にしなかった。

ともかく、鬼市坊はすべてを正直に語っていない。

梅太郎以外にも、月に魂を奪われた男を知っているという。どこまでほんとうなのか。

鬼市坊から真実を聞きだすのはもう少し時がかかりそうだった。

四

静かだ。空は青く澄《す》み渡り、僅《わず》かに庭の桜が散り残っている。障子《しょうじ》は開け放たれ、庭から暖かい風が入り込んでいる。

剣一郎は材木問屋『木曾屋』の客間で、主人徳兵衛と向かい合っていた。徳兵衛は四十二歳。肩幅が広く、がっしりとした体つきだ。顔の造作《ぞうさく》も大ぶりで、鼻が異様に大きく、唇も分厚い。

「五年前の大火の際、材木を買い占めていたため、かなり儲けたということだが、先日の火事においてもまた、『木曾屋』が儲けたという話を聞いた。『木曾屋』と火事の関連はないことは火盗改の調べでもわかっているが、密告があったということを聞き、少し事情を知りたいと思ってな」

剣一郎は訪れた理由を説明した。

「さようでございますか。私への疑いがかかるのも無理からぬことと思っています。五年前と今回、二度の大火で大きな利益を上げているのですから」

徳兵衛は笑みを湛え、

「この私でさえ、このようなことが二度起きるとは思ってもみませんでした。運に恵まれていると、自分でも驚いています」

と、しみじみと言う。

「まあ、二度というのは驚きだが、あり得ないことでもないかもしれぬな。いずれにしても、つきが巡っているのは間違いない。それも、そなたの人徳ゆえか」

剣一郎は称賛するように言う。

「いえ、そんな」

徳兵衛は手を顔の前で振ってから、

「ただ、幸運が続いたあとが気になります。今度は何か悪いことが起きるのではないかと」

と、表情を曇《くも》らせた。

「その気持ちはわかるが、そんなに恐れることはあるまい」

剣一郎はなぐさめる。

「はい。ですが、気になりまして、火事のふつか後、炊《た》き出しをしている質《しち》屋の『越後屋』さんに費用の足しにしてもらおうと、五十両ほど寄付をさせていただきました」

「それは殊勝《しゆしよう》なことをした」

「まあ、厄《やく》落としの意味合いもありますが」

徳兵衛は苦笑した。

「ところで、今回は材木問屋の『大島屋』が廃業することになったため、在庫の材木を買い取ったということだそうだが」

剣一郎は切り出す。

「はい。実は、勘定奉行の拝島若狭守さまから『大島屋』さんを助けてやるように頼まれまして。在庫をすべて引き受けたあと、しばらくして先日の火事になったのです。おかげで、『木曾屋』は大きな利益を上げることが出来ました」

ここでも、若狭守の名前が出てきて、剣一郎は驚いた。

だが気を取り直して、

「『大島屋』はなぜ廃業をすることになったのだ?」

「今年の一月に大旦那《おおだんな》が病《やまい》になって臥《ふ》せるようになり、後継ぎの豊太郎《とよたろう》さんは材木問屋を継ぐ気はなく、二月になって商売を畳んだのです」

「では、豊太郎は何の商売を?」

「日本橋小舟町《こぶなちょう》で、茶道具の店を開いています」

「なんという店だ?」

「『京楽堂《きょうらくどう》』です」

「『大島屋』の奉公人はどうした?」

「豊太郎さんについていった者、木場のほかの材木問屋に引き取られた者、これを機に別の道に向かった者などおります」

「なるほど」

剣一郎は核心に触れる質問に移った。

「勘定奉行の若狭守さまは、なぜ『木曾屋』に『大島屋』の救済を頼んだのか」

「作事奉行をされていたときから、私どもも『大島屋』さんも若狭守さまとは親しくさせていただいておりました」

「親しくというと、付け届けをしているという意味か」

剣一郎は鋭くきいた。

「まあ」

徳兵衛は困惑したように言う。

「ところで、五年前に材木を買い占めたのは、若狭守さまの発言を聞いたからだそうだが、間違いないのか」

剣一郎は確かめる。

「はい、そのとおりで。浜御殿の改築をはじめとして、幕府に諸々の改築を推し進めたらどうかという話が持ち上がっていると、若狭守さまがついぽろりとお漏らしになったのです。若狭守さまはその後、言葉を濁しましたが、間違いないと思い、私は一世一代の賭けに出たのです。それらの事業を請《う》け負うために、使われる材木一切を『木曾屋』で用意しておこうと」

　徳兵衛は目を細め、

「それが材木を買い占めた理由です。もちろん、そのために借金もしました」

　と、思いだしたように言う。

「若狭守さまの話に確実なものはあったのか」

「浜御殿の改築は決まっていたようですが、他はまだ決まったわけではないようでした。しかし、諸般の事情と照らし合わせたとき、普請は進められるだろうと考えました」

「諸般の事情とは？」

「老朽など、まあ諸々です」

　徳兵衛は曖昧に答える。

「材木を買い占めたあと、あの大火が起きたのだな」

　剣一郎は徳兵衛の顔を見つめて言う。

「そうです。幕府は普請を先送りし、浜御殿の改築も中止となりました。私の当ては外れましたが、材木は大火の復興のために使われたのです」

剣一郎は黙って聞いていたが、素直に受け入れられなかった。徳兵衛の一方的な話だけでは得心《とくしん》出来ない。

「妙なことをきくが、そなたは火事が起こることを予想したか」

「まさか」

徳兵衛は苦笑し、

「そんなことはわかるはずありません」

と、真顔になった。

「五年前の大火は満月の夜、この前の火事も十五日。やはり満月の夜だ」

「…………」

徳兵衛は口を開いたが、言葉にならなかった。

「満月が何か」

徳兵衛はやっと口にした。

「いや、さしたる意味はない。邪魔をした」

剣一郎は腰を浮かしかけたが、

「そうそう、密告した者に心当たりはあるか」

と、きいた。

「いえ。わかりませんが、いずれにしろ、木場の商売敵《がたき》の誰かでしょう。よく考えてくだされば、私が火事に関わっていないことがわかるのですが、やっぱり、儲けているることが許せないのでしょう。ただ、騒いでいるのはほんの一部、それも同業者かそれに近い者たちだと思います」

徳兵衛は冷静に言い、

「やっかみや嫉妬《しっと》はひとの世の常《つね》ですから」

と、冷笑を浮かべた。

剣一郎は『木曾屋』を出て、永代橋《えいたいばし》に向かった。

途中、富岡八幡宮《とみおかはちまんぐう》の参道入口に差しかかったとき、托鉢僧に気づいた。しかし、鬼市坊ではなかった。

鬼市坊は今日もどこかの辻に立ち、微動だにせず、胸の前に鉢を構えたままで、笠の内の目だけが行き交うひとに向けられていることだろう。

見つけられるはずはない。この七年間、見つけられずにいるのだ。剣一郎はそう思わざるを得なかった。

永代寺門前仲町で、剣一郎は前方を見て、おやっと思った。

若い男ふたりがもめていた。近づくと、ひとりは太助だった。相手は細身で色白の男。

「太助」

剣一郎は声をかけた。

「青柳さま」

振り向いて、太助が声を上げた。

「どうかしたのか」

剣一郎は相手の男にも目をやってきいた。

「深川の得意先に行った帰り、梅太郎に似た男を見かけたので、左の二の腕に火傷跡があるか見せてもらおうと」

太助の言葉を遮《さえぎ》り、

「いきなり、左腕を見せてくれと言われたんだ」

と、相手の男は興奮して言った。

剣一郎はまじまじと相手を見つめた。

歳は二十八くらい。細身で色白。眉は太くて短い。切れ長の目で、鼻が高く、唇は薄い。背丈は五尺五寸（約一六五センチ）。確かに、その特徴を有している。

「わしは南町の青柳剣一郎だ」

剣一郎は編笠をとった。

「青痣与力」

男は目を瞠《みは》った。

「不快な思いをさせたことは謝る。ある事情でひとを捜している。わけもわからず得心がいかないだろうが、左腕を見せてもらえぬか」

剣一郎は穏やかに頼んだ。

「青痣与力の頼みとあっては仕方ねえ」

そう言い、男は左の袖《そで》をまくった。火傷跡はなかった。

「失礼した」

剣一郎は謝った。

「すいません。このとおり」

太助も頭を下げた。

「いや、別に。じゃあ、もういいですかえ」

男は去って行った。

「青柳さま、申し訳ありませんでした。梅太郎の特徴にそっくりだったので、夢中であの男を呼び止めてしまいました」

　太助が弁明する。

「確かに、梅太郎の特徴にそっくりだった。わしとて呼び止めたであろう」

　剣一郎は太助に寄り添うように言う。

「青柳さま」

　太助が口調を改め、

「鬼市坊はどこまでほんとうのことを語っているのでしょうか」

　と、疑問を口にした。

「わからぬ。ただ、月に魂を奪われた男の話は嘘《うそ》ではないように思える。だが、梅太郎なる男を捜すのは我らには無理だ。鬼市坊の様子を見るしかない」

　剣一郎は打つ手がないことに歯嚙《はが》みをする思いで言った。

　その後、永代橋を渡りながら、剣一郎は『木曾屋』とのやりとりを太助に話した。

「これから『大島屋』の息子に会ってくるつもりだ」

　小舟町に着いてから、鬼市坊の様子を探ってくるという太助と別れ、剣一郎は『京楽堂』に足を向けた。

四半刻（三十分）後、剣一郎は『京楽堂』の客間で、主人の豊太郎と向かい合っていた。豊太郎は三十過ぎ、面長《おもなが》の穏やかな顔だちで、物腰も柔らかかった。

「青柳さまにお出《い》でいただくとは恐縮にございます」

豊太郎は頭を下げた。

「なぜ、材木問屋を廃業したのかな」

剣一郎はやんわりときいた。

「私は材木問屋の主人にふさわしくありません。気性の荒い川並《かわなみ》の連中と渡り合っていく自信もありませんでした。このことは父も承知をしていて、自分が死んだら『大島屋』を畳んでもいいと言ってくれていました」

「他にあとを継げる方は？」

「妹に婿《むこ》をとらせ、『大島屋』を続けるという考えもあったのですが、妹は他の商家に嫁《とつ》いでいってしまいましたので」

「そうであったか」

「父も残念だったようですが、新興の材木問屋が伸《の》してきて、『大島屋』の商売もうまくいかなくなっていたのです。そのことも、父に見切りをつけさせたのだと思います」

　豊太郎は目を細めて言った。

「新しい商売に茶道具の店を選んだのは？」

「私は茶道《さどう》をたしなみ、茶道具にも目がなく、いろいろ集めていました。こういう店をやりたいというのは昔からの夢でした」

「なるほど。思い通りになったのですな」

「はい。私は裏千家《うらせんけ》の師範であり、大名屋敷でも茶道を教えております」

　豊太郎は胸を張った。

「ところで、『大島屋』をやめるにあたり、材木を『木曾屋』が引き取ったと聞いた」

「はい。父はまだ店を続けるつもりでしたので、在庫を抱えていました。それが急に病気が悪化して廃業を決意したのです」

　声を詰まらせたが、

「『木曾屋』さんのおかげで助かりました」

「『木曾屋』に引き取るように頼んだのは前の作事奉行で、今は勘定奉行の拝島若狭守さまだということだが」

「はい。私もそう聞いています」

ふと、豊太郎は表情を曇らせた。

「何か」

「ええ……」

豊太郎は曖昧な顔をしたが、

「じつは、父は廃業を決めたあとにも、材木を仕入れていたのです」

と、思い切ったように口にした。

「在庫を抱えながら、どうして新たに材木を仕入れたのだときいても、父はただの手違いだと」

「どういうことであろうか」

剣一郎も不思議に思った。

「で、新たに仕入れた材木も『木曾屋』が引き取ったのか」

「はい。すべて引き取っていただきました。それも相場よりも高値で。ですから、『大島屋』はきちんと儲けがありました」

「『木曾屋』は、なぜ高値で引き取ったのか」

「若狭守さまは病気になって廃業する父に同情し、少し儲けさせてやろうとしたのかもしれません。『木曾屋』さんも、若狭守さまに言われ、高値で買い取ることにしたのでしょう」

「しかし、それでは『木曾屋』は損をするではないか」

剣一郎は首を傾げた。

「ええ、ですが、あの大火で、材木の値段は高騰したので、『木曾屋』さんは損どころか大儲けをしたはずです」

「なるほど」

「でも、『木曾屋』さんのおかげで、私どもも助かりました」

豊太郎は笑みを浮かべた。

『木曾屋』の徳兵衛は、『大島屋』が新たな材木を仕入れていたとは言わなかった。勘定奉行の拝島若狭守の一存だとしたら、そのことを徳兵衛は知らなかったとも考えられる。

ともかく、それが『大島屋』に不利になっていないのだ。

部屋に入り込む陽差《ひざ》しが変わってきた。

剣一郎は話を切り上げた。

剣一郎は小舟町から神田佐久間町一丁目の質屋『越後屋』に行った。

二階の瓦屋根の向こうに大きな土蔵が見える。入口は狭く、長い暖簾がかかっている。

剣一郎は暖簾をくぐった。

帳場格子にいた番頭に、主人の善右衛門に会いたいと告げた。

「はい、ただいま」

番頭はそばにいた手代に目配せで命じる。

手代が奥に善右衛門を呼びに行った。

善右衛門は小肥りの体を丸めながら出てきた。丸顔の穏やかな顔に笑みを湛えている。

「これは青柳さま」

善右衛門は帳場格子の横に腰をおろし、

「ここではなんですので、どうぞ奥に」

と、誘った。

「いや、ちょっと確かめたいことがあって寄らせてもらっただけだ。すぐ済む」

剣一郎は断り、

「材木問屋『木曾屋』の主人徳兵衛が、先日の炊き出しに寄付をしたと聞いた。そのことに間違いはないか」

と、問うた。

「はい。徳兵衛さんから、焼け出されたひとたちのために役立てて欲しいと寄付をいただきました」

「そうか。で、そのことは町の衆には？」

「徳兵衛さんの希望で伏せています」

「伏せるように、徳兵衛が頼んだというのか」

「そうです。自分の厄落としのためにするのであって、ひとさまに褒められることではないと仰って」

善右衛門はそう言ったあと、

「厄落としとはどういうわけかわかりませんでしたが、その後、『木曾屋』さんがたくさん材木を所有していたため大儲けをしたという話を聞き、そうだったのかと得心しました」

と、真顔で話した。

徳兵衛の言葉に偽《いつわ》りはなかった。

礼を言い、『越後屋』の土間を出たが、何かしっくりしないものがあった。が、その正体はわからなかった。

五

翌二十九日の朝、京之進は恒吉を解き放った。

大番屋まで、吾平が迎えに来た。

「もう、火盗改も心配いらないんですね」

吾平がうれしそうに言う。

「そうだ。恒吉の疑いは晴れたのだ」

京之進は明るい声で答える。

七日間も大番屋に閉じ込められていて、恒吉はふらついていたが、吾平に支えられて引き揚げて行った。

その日の夕方、京之進は六郎とともに昌平橋北詰にある湯島横町の興三郎店の木戸をくぐった。

富次が殺されたのは、恒吉が大番屋に連行された日といっしょだったから、事件から七日経ったことになる。いまだに下手人の手掛かりがつかめない。

そこで、改めて長屋の住人に話を聞きに来たのだ。

例の卯平という年寄りが腰高障子を開けて出てきた。

「まだ、富次を殺した奴がわからないんですかえ」

と、少しいらだった様子できいてきた。

「残念だが、まだだ」

京之進は答える。

いつの間にか、長屋のかみさんもふたり顔を出していた。

「富次のことでなんでもいい。あとになって気づいたことはないか」

六郎が皆の顔を見渡して言う。

「いえ」

かみさんたちも首を横に振る。

「殺された日、富次は夜になってまた深川に行っているのだ。よほどの何かがあってのことだろう。何か思い当たることはないか」

これまでにもさんざん繰り返してきた質問だった。日が経ち、思いだすこともあるのではないかという期待からだった。

「そう言えば、あの火事のとき」

大柄なかみさんが思いだしたように口にした。

「三月十五日の火事だな」

京之進は確かめる。

「そうです。半鐘《はんしょう》が鳴ったとき、富次さんは房吉さんといっしょに様子を見に行ったんです。房吉さんが戻ってきて、こっちは風上で、火の粉が飛んでくる心配はないと言っていたんですが、富次さんは火事を見続けていたそうです」

「そうだったな」

卯平が応じ、

「富次が野次馬根性を剝《む》きだしにするのは珍しかった。戻ってきたときも、かなり興奮していたからな」

と、続けた。

「興奮していた?」

京之進は気になり、

「何に興奮していたのだ?」

と、きいた。

「あの火事を目《ま》の当たりにしたからでしょう。こっちは恐ろしくて足がすくんでいたというのに」

卯平は言う。

「なんだか、あのとき、富次さん、ちょっと様子がおかしかったですよ」

かみさんも言う。

ちょうどそのとき、大工道具を肩にかついで房吉が帰ってきた。

「お揃いで何か。ひょっとして、下手人が？」

房吉は早合点《はやがてん》をしてきいた。

「違うんだ」

卯平が首を横に振り、

「半月ほど前、おまえさんは富次と火事を見に行ったな。そのときのことをおききになりたいそうだ」

と、口にした。

「ふたりで出て行き、おめえだけ戻ってきたそうだが、富次はどうしたんだ？」

六郎がきいた。

「擦《す》り半《ばん》（火事場が近いことを知らせる打ち方）だったのですぐに長屋を飛び出したんです。富次も同じように出てきて。昌平橋の袂から見たら、神田多町や須田町辺りから火の手が上がり、折からの風で、炎が日本橋方面に煽られてました。すぐにはこっちに火は来ないと思い、長屋のひとに知らせるために戻ったんです。でも、富次は湯島の高台のほうに駆けて行きました」

「なぜだ？」

京之進が口を挟む。

「あとできいたら、昌平橋の袂でひとりの若い男を見かけたというんです」

「男？」

「その男は高台のほうに向かって行ったので、無意識のうちにあとをつけたと」

「なぜ、あとをつけたのだろうか」

前から因縁《いんねん》のあった男を偶然見かけ、富次は男を追い掛けたのか。

「富次はその男について何か言っていたか」

京之進はきいた。

「いえ、何も。きいても曖昧な答えしか返ってきませんでした」

「曖昧な答えとは？」

「知らない男だとか、どこかで見かけたことがあるかもとか、やっぱり自分とは関わりのない男だとか言っていましたが、どうして追い掛けたのかときいても、自分でもわからないと」

房吉は不満そうに答える。

「何か隠しているようだな」

「ええ、でも、はっきり隠しているという感じではありませんでした。富次自身も戸惑っているようでしたから」

「富次はその男のあとについてどこまで行ったのか」

「湯島の高台までで、そこもひとでごった返していて、見失ってしまったそうです」

房吉は答えてから、

「ひょっとして、その男が富次を……」

と、口にした。

「まだ、なんとも言えぬ。しかし、ふたりの間に何かあったようだ。富次はかつてその男ともめごとがあったのかもしれない。何か、心当たりは？」

「いえ」

「おい、房吉」

卯平が呼びかけた。

「富次はふた月前に置き引きにあったと言っていなかったか」

「置き引き？」

房吉ははたと思いだしたように、

「そうだ。伊勢町河岸《いせちょうがし》で休んでいたら、横に置いた小間物の荷を奪い取って逃げた男がいたと言っていました」

と、口にした。

「荷はとられたのか」

京之進はきいた。

「いえ、すぐ追い掛け、追いつきそうになったら荷を捨てて、男はそのまま走り去っていったと言ってました。二十四、五歳の若い男だったそうです」

「若い男……」

火事の夜に出会った男がその置き引きの犯人だったのか。だから、追い掛けたのだろうか。

京之進は想像した。

殺された日、商売で深川をまわっていて、置き引き犯に似た男を見かけた。だが、ほんとうにその人物かどうかはっきりしない。

夕方になって、長屋に帰ったあとも、気になってならず、もう一度深川に向かった……。

しかし、この考えには無理があるようだ。火事の際に、昌平橋の袂で見かけ、それから日が経たないうちに今度は深川で見かける。つまり、日も違う離れた場所で偶然が続けて起きたことになる。

百歩譲って、偶然が重なったとしよう。それで、富次は何のためにその男に会いに行ったのか。荷はちゃんと戻ったのだから、何かを取り返しに行くことはない。そう考えると、置き引き犯との関わりは薄いように思えるが、もっと他に理由があるのかもしれない。

京之進はともかく、置き引きの犯人を捜してみようと思い、

「深川を縄張りにしているのは誰だ？」

と、六郎にきいた。

「佐賀町の藤蔵《ふじぞう》親分です。藤蔵親分ならかなり裏のことに詳しいですから、置き引きのこともわかるかもしれません」

「よし、藤蔵に会ってみよう」

京之進は長屋を出ると、六郎と共に深川に向かった。

佐賀町の自身番で、藤蔵が海辺大工町《うみべだいくちょう》で喧嘩騒ぎがあったので向かったと聞き、そこに行ってみることにした。

小名木川《おなぎがわ》に出て川筋を海辺大工町に向かっていると、前方から胴長で足の短い男が歩いてきた。

「藤蔵親分です」

六郎が口にした。

藤蔵が手下ふたりを連れてこっちに向かってくる。

六郎が先に走って藤蔵に近づいた。何ごとか、六郎が囁《ささや》いた。藤蔵が京之進のほうにやってきた。

「植村の旦那」

藤蔵が挨拶をする。

「ちょうどよいところで会った」

京之進は言う。

「今、六郎から聞きましたが、置き引きを稼業《かぎょう》にしている者ですかえ」

　藤蔵が確かめる。

「うむ。深川で置き引きを働いている若い男だ。ふた月前に、伊勢町河岸で置き引きしたものの、失敗している」

　京之進は説明した。

「逃げきれなくて失敗するようじゃ、手慣れていませんね。まだ、駆け出しのようで」

「二十四、五歳だ」

「置き引きやひったくりを常習している者は何人かいますが、すばしっこくて手を焼いています。あっしが目をつけているのは三人。いずれも三十を超えています。若い男というのは、まだあっしの耳に入っていません」

　藤蔵は首を横に振った。

「その三人のうちの誰かの弟子《でし》か」

「そうかもしれません」

「その三人を教えてもらえぬか」

「旦那。三人とも口を割ることはありませんぜ。自分が盗《ぬす》っ人《と》だと認めるようなものですからね」

藤蔵はさらに続けた。

「それに、三人にあっしらが目をつけていることを悟られたくないんです」

「うむ」

京之進は唸った。

「藤蔵親分、若い置き引きを見つけだす手立てはありませんか」

六郎がきいた。

「そうよな」

藤蔵は首をひねったが、

「盗品買いの伊佐次《いさじ》は知っているかもしれねえが、喋るとは思えねえ」

と、口にした。

「『懐古堂《かいこどう》』の伊佐次か」

京之進は口にした。

「旦那もご存じで。へえ、そうです。奴は古道具屋でひそかに盗品を扱っています。確たる証がないのと、ときたま盗っ人について教えてくれるので見逃しています」

「そうらしいな」

深川を受け持っている同輩の定町廻《じょうまちまわ》り同心から、京之進もそのことを聞いていた。

「よし、伊佐次に会ってみよう。店はどこだ？」

「冬木町で、『懐古堂』という古道具屋をやっています。盗品買いの伊佐次というのはこっちが勝手に言っているだけで、伊佐次はそのことを認めませんがね」

それから、京之進と六郎は冬木町に行き、古道具屋の『懐古堂』の店先に立った。

店番の若い男に、

「伊佐次はいるか」

と、京之進は声をかけた。

「ちょっとお待ちを」

若い男は奥に行き、すぐ戻ってきて、

「今、参ります」

と、言った。

伊佐次が足を引きずりながら出てきた。

「どうしたんだ？」

京之進はきいた。

「へえ、躓《つまず》いて挫《くじ》いてしまいました。歳はとりたくないもので」

伊佐次は苦笑する。

「そんな歳でもあるまい」

「いえ、来年は五十でさ」

「まだ、老《ふ》けこむには早い」

京之進は伊佐次の皺《しわ》の浮いた顔を見て言う。

「で、旦那。今日は何の用で？」

伊佐次が警戒ぎみになった。

「ここに、置き引きも盗品を持ち込んでくるだろう」

京之進が直截《ちょくせつ》にきいた。

「とんでもない。盗品は買い取りません」

伊佐次は首を横に振る。

「伊佐次。表向きの話をしているのではない。その気になれば、ここで盗品の売買が行なわれていることを暴くことが出来るんだ」

京之進は脅す。

「そんな無体《むたい》な」

大仰に顔を歪《ゆが》めたが、伊佐次には余裕があった。盗品売買の証を見つけだすには何日も見張りを続け、盗品を持ち込む輩《やから》を見つけなければならない。よほどのことがない限り、奉行所がそこまですることはないと読んでいるのだろう。

「そんな脅しは屁《へ》でもないという顔つきだな」

「とんでもない」

「深川辺りで置き引きをしている若い男を捜している」

「置き引きかどうかわかりませんが、ときたま不釣り合いな品物を持ち込む若い男がおります」

伊佐次は答える。

「名は？」

京之進がきく。

「旦那。その男にどんな疑いが？」

「殺しだ」

横合いから六郎が口を出した。

「殺し？　では、違います」

伊佐次は言う。

「違うとは？」

京之進が問い質《ただ》す。

「その男はとうていひと殺しなど出来そうにもありません。だいたい、置き引きをするような連中にそんな真似《まね》は無理です」

確かに、伊勢町河岸で置き引きしたものの、富次に追い掛けられ品物を放って逃げだしている。腕力に自信がありそうには思えない。

「さっきは置き引きかどうかわからないと言っていたが」

「そうでした」

伊佐次は頭に手をやって苦笑した。

「その男が手を下さずとも、仲間がいるだろう」

六郎がまた口をはさんだ。

「仲間にひと殺しをさせるとは思えません」

「その見極めはこっちがする。その男の名と住まいを教えてもらいたい」

京之進は穏やかに言う。

「いえ」

伊佐次は首を横に振った。

「ひと殺しをするような男でなければ、名を明かしてもいいのではないか。我らがその男に会えば、疑いはすぐに晴れる」

「でも、今後は置き引きとして目をつけられてしまいます」

伊佐次は置き引きの肩を持つ。

「いかがでしょうか。私が代わりに、旦那のおききしたいことをきいてみます」

「正直に答えるはずあるまい」

「それは旦那が問い詰めても同じじゃありませんか」

「どうしても教えてくれぬのか」

「教えたくとも、ほんとうに置き引きかわかりませんので」

食えない男だと、京之進は睨みつける。だが、伊佐次は涼しい顔をしていた。

背後でひとの気配がした。振り返ると、戸口に若い男が立っていた。風呂敷包みを手にしていた。

伊佐次が目配せをしたのを、京之進は見逃さなかった。若い男は踵《きびす》を返した。

京之進は置き引きの男だと直感した。

「追い掛けろ」

六郎に命じる。

「へい」

六郎が男のあとを追った。

伊佐次は顔をしかめている。

「さっき話に出ていた男だな」

京之進はきいた。

「いえ」

伊佐次は否定したが、表情は硬《かた》い。

「なんという名だ？」

「知りません」

伊佐次はとぼける。

六郎が男を引き連れてきた。

「放せ。俺が何をしたって言うんだ」

男は六郎に腕をとられながら喚《わめ》いている。

「ここに品物を売りに来たのだな」

京之進がきく。

「違う」

「違う？　では、何しにきた？」

「欲しいものがあったら買おうと思ってきただけだ」

「名は？」

「勘助《かんすけ》だ」

「勘助か」

京之進は声に出し、

「風呂敷の中身はなんだ？」

と、きいた。

「なんでもない」

勘助は風呂敷包みを抱え込む。

「見せてもらおうか」

六郎が風呂敷包みに手を伸ばす。

「やめてくれ」

「親分さん。そのひとはときたま古道具を買いにくる、うちのお客さんです。どうか、信じてやってくださいな」

伊佐次が助け船を出す。

「中身を見せてもらうだけだ」

京之進はぴしゃりと言う。

伊佐次は押し黙った。

「貸せ」

六郎が風呂敷包みを取り上げ、勘助が奪い返そうとした。

風呂敷の結び目が解けて中身が落ちた。手鏡だ。裏に富士山と花の模様がある。

「女物ではないか。どうして、おまえがこれを持っているのだ?」

六郎が問い詰める。

「預かったんだ」

「誰にだ?」

「………」

勘助は押し黙った。

「置き引きしたか、ひったくりか。それとも……」

「待ってくれ。そんなんじゃない」

勘助は気弱そうな声を出した。

「勘助」

京之進が強い口調になって、

「俺たちは置き引きをしょっぴきにきたのではない。あることを確かめたいのだ。正直に答えれば、何ごともなく見逃す」

と、説《と》き伏せるように言う。

「………」

勘助は縋《すが》るような目を伊佐次に向けた。

伊佐次は黙って頷いた。

「勘助、どうだ」

「へえ」

勘助は観念したように頭を落とした。

「よし。いいか、正直に答えるんだ。ふた月前、おまえは伊勢町河岸で置き引きしたな」

「伊勢町河岸……」

勘助は呟く。

「小間物屋が休んでいる隙《すき》を窺《うかが》い、脇に置いてあった荷物を奪って逃げた。どうだ？」

勘助ははっと思いだしたようで、

「ええ。でも、追い掛けられたので、荷を放って逃げました」

「追い掛けられたのだな」

「へえ」

「相手はどんな男だった？」

「三十前の中肉中背の男だったと思います」

勘助は不安そうに答える。

富次の特徴に似ている。富次の荷を置き引きしたのは勘助に間違いないようだ。

「先日の大火事が発生した日のことだが、火の手が上がったころ、おまえは昌平橋の袂にいたか」

京之進は肝心なことをきいた。

「いえ。火事の日は、深川にいました。熊《くま》井町《いちょう》にある呑み屋です。そこで騒いでいたとき、外が騒々しくなって出てみると、西のほうの空が紅《あか》く染まってました」

熊井町は永代橋の近くにある町だ。

「嘘はついてないか」

「ほんとうです。『酒仙《しゅせん》』という店です。きいてもらえばわかります。あっしのことも覚えているはずです」

勘助は真剣に訴えた。

どうやら嘘はないようだ。

「おまえは、置き引きをした小間物屋とどこかで顔を合わせたことはあるか」

「いえ。ありません」

勘助は否定する。

が、あっと声を上げた。

「何か」

京之進は勘助の顔を覗き込む。

「顔を合わせてはいませんが、見かけたことはあります」

「見かけた？　小間物屋を、か」

「そうです。いつだったか、さっき話した『酒仙』を出たとき、目の前を通った男に見覚えがあったんです。あとで、伊勢町河岸の男だと思い出しました」

「ひと違いではないのか」

「いえ、追い掛けられ、せっかくの獲物を奪い返されたのですから」

「それはいつのことか思いだせるか」

京之進はきいた。

「いつだったかな」

勘助は真顔で首をひねったが、すぐ口を開いた。

「そうだ、あんとき、『酒仙』で他の客が月の出がだんだん遅くなってきたって話をしてました。一昨日の晩は月が出てきたのは夜四つ（午後十時）ごろだった。今夜はいつ出るかと」

「月の出が四つごろだとしたら、二十日の月か」

「あっ、そうだ。二十二日です。三日前は月の出を寝て待つから寝待月《ねまちづき》だと誰かが言ってました。寝待月は十九日の月ですから」

「二十二日？　間違いないか」

京之進は思わず声を高めた。

「旦那。二十二日は富次が……」

六郎はあとの言葉を呑んだ。

「二十二日何時だ？」

「五つ半（午後九時）ごろです」

やはり、富次だ。

「男はどっちに行った？」

「へえ、門前仲町のほうです。どこかの店に馴染みの女でもいるのではないかと思いましたが」

勘助はにやついて言う。

自分に災いが及ばないと知って、勘助は余裕を持ったようだ。

「念のためにきくが、置き引きに失敗した仕返しをしようとして、男が門前仲町のほうから戻ってくるのを待っていたってことはあるまいな」

京之進は問い質すようにきいた。

「とんでもない。そんなことしませんよ」

勘助は顔をしかめて言い、

「いったい、その男がどうかしたんですかえ」

と、きいてきた。

「二十二日の夜、大川端で殺された」

「えっ」

勘助は絶句した。

「旦那に親分さん。勘助はひと殺しなど出来る肝《きも》っ玉《たま》なんてありませんぜ」

伊佐次が口を入れた。

「手を下したのは勘助ではないが、誰かに殺しを頼んだってことも考えられる」

「そんな」

勘助は泣きそうな顔になった。

「だが、おまえの言うことを信用しよう」

京之進は安心させた。

「ほんとうですかえ」

勘助の表情が明るくなった。

富次を手にかけた男は、顔見知りだ。安心していた相手だったに違いない。勘助の仲間に富次が気を許す男がいたとは考えづらい。

どう考えても、勘助はシロだ、認めざるを得ない。

「勘助。今日のところはこれで引き揚げるが、問題はこれだ」

京之進は勘助が持ってきた手鏡を指した。

「まさか、我らが引き揚げたあと、これを『懐古堂』に売って帰るつもりではないだろうな」

「いえ、そんなことは……」

「そうだろうな。では、その品物はどうするんだ？」

「お返しします」

「盗んだ相手はわかっているのか」

「わかっています」

「だが、どうやって返すのだ？　自分が盗みましたと出て行くか」

「それは……」

勘助は困惑した。

京之進は伊佐次に目を向けた。

伊佐次は意を察したのか、苦笑しながら、

「私が返しに行きましょう」

と、口にした。

「そうしてもらおう」

「はい。客が持ち込んだものを買い入れたが、手配書から置き引きした品とわかり、持ち主に返しにきたと説明すればよろしいのでしょう」

「うむ。それでいい」

京之進は大きく頷く。

「勘助、これからはまっとうに暮らすんだ。でないと、ほんとうにお縄になる日がやってくる」

京之進は脅した。

「へい」

勘助は縮こまって頷く。

「伊佐次。あとは頼んだ」

「植村さま。我らが、そのとおりにするかどうか心配ではありませんか」

伊佐次が鋭い目を向けた。

「いや、その心配はしていない。そなたは約束どおりするはずだ」

「どうして、そうお思いに?」

「気骨《きこつ》がある男と睨んだ俺の目を信じる」

「恐れ入ります。そう仰られたら、なんとしてでも約束を守らねばなりません」

伊佐次は大きく息を吐き、

「植村さまの裁きを目の当たりにして、あるお方を思いだしていました」

「あるお方？」

「はい、青痣与力です。青柳さまのようでございますね」

「恐れ多い」

京之進は呟いたが、内心では喜んでいた。

青痣与力こと青柳剣一郎は京之進がもっとも尊敬する人物であり、憧れの存在でもあった。常に、青柳さまのようになりたいという願望を秘めていたので、伊佐次の言葉はうれしかった。

だが、そんな気持ちは顔には出さず、

「青柳さまをご存じなのか」

と、きいた。

「何年か前に、聞き込みでいらっしゃったことがあります」

「そうか。では、あとを頼んだ」

京之進は声をかけ、六郎とともに『懐古堂』をあとにした。

第三章　梅太郎《うめたろう》の行方《ゆくえ》

一

翌日の早朝、剣一郎は橋場の『ます家』の裏にある掘《ほ》っ建《た》て小屋に鬼市坊を訪《たず》ねた。

小屋に近づいたとき、ちょうど鬼市坊が戸を開けて出てきた。朝早くから辻立ちに向かうのだ。

「御坊《ごぼう》、少しお聞きしたいことがあります」

鬼市坊は黙って頷《うなず》いたが、その場に立ったままだ。小屋の中に戻らず、ここで話をするつもりなのだ。

「御坊、中に」

剣一郎は催促した。

仕方なさそうに、鬼市坊は中に戻った。

剣一郎も続いて入り、茣蓙《ござ》の上に腰をおろして鬼市坊と差し向かいになった。

「御坊。梅太郎を捜す手掛《てが》かりを摑《つか》みたいのです。正直に教えてください。いずれまた、月が満ちてくるのです。新しい満月の夜に、再び付け火をするかもしれません」

剣一郎は切り出す。

「梅太郎は満月の夜がくると、炎を見たいという衝動に駆《か》られるのではないでしょうか。満月はひと月ごとにやってくる。そのたびに、付け火に走るということならば、毎月のようにどこかで火事が起きていることになる。いつもは小火《ぼや》で済み、大火事になるのは稀《まれ》ということもあるかもしれませんが、満月のときに必ずしも火事は起きていない。同じ手口による火事は、この五年間で二回だけ」

剣一郎は鋭《するど》く相手を見据え、

「これはどういうことが考えられるのか。梅太郎が自制しているのですか」

と、きいた。

「…………」

「梅太郎は満月の日に必ずしも付け火をするとは限らないのでは？　何か他の条件が重なったときに、梅太郎は行動を起こすのではないですか」

「いや、満月の夜ということだけだ。皓々《こうこう》と照る月のせいだ」

鬼市坊は呟《つぶや》くように言った。

「では、満月の夜にも付け火に走らないことがあるのはなぜですか」

「わからない」

鬼市坊は首を横に振る。

「御坊」

剣一郎は詰《なじ》るように呼びかけた。

「ほんとうだ。梅太郎がなぜ、満月を見ても動かないのか」

鬼市坊は厳しい顔になり、

「誰かが梅太郎を守っているのかもしれぬ」

と、激しく言う。

「守る？」

「梅太郎の異常な性癖に気づいた者が満月が近づくと、月を見せないようにどこぞに閉じこめているのかもしれぬ」

「なるほど」

剣一郎は目を見開き、

「梅太郎を守っている者は、その性癖を利用して付け火をさせることも出来るかもしれません」

と、あることを想像して言った。

「何年にもわたって捜し求めながら見つけられずにいたことから、もう捜し出せないと半《なか》ば諦《あきら》めていた」

鬼市坊が告白するように続けた。

「五年前から付け火がなかったのは、梅太郎の身に何かあったのかもしれないと思ったのだ。だが、今回の付け火で、梅太郎が生きていることがわかった。この五年間、梅太郎は性癖を誰かに封じ込められていたとしか考えられない」

「御坊は、五年前と今回の火事はいずれも梅太郎の仕業《しわざ》だと思っているのですね」

剣一郎は確かめる。

「間違いない。五年前も今回も普段以上に月は皓々と照っていた。私にはわかる。同じ輝きだった」

「なぜ、わかるのですか」

「…………」

「まさか、勘だと言うのではないでしょうね」

「あなたはなぜ、私の言葉を信じるのか。月に魂《たましい》を奪われた男が付け火をするなど、他の誰が信じよう」

鬼市坊は逆襲するようにきいた。

「御坊の目の光です」

「目の光？」

「そうです。暗い谷底から微《かす》かに届く光のような、地獄から生還したとしか思えない目の輝きです。私は御坊の目を見て、信じようと思った」

「………」

鬼市坊の口は開かない。

「御坊。梅太郎は深川にいるかもしれません」

剣一郎はいきなり話を変えた。

「深川に？」

鬼市坊は不思議そうな顔で、

「なぜ、そう言えるのか」

と、きいた。

「わけは、まだご容赦《ようしゃ》ください。どうか、私を信じて、今日から富岡八幡宮の参道付近で托鉢《たくはつ》を」

「ほんとうに深川にいるのか」

「おそらく」

「わかった。あなたを信じよう」

鬼市坊は表情を引き締めて言った。

その後、深川に向かう鬼市坊と別れ、剣一郎は奉行所に向かった。

奉行所に出仕《しゅっし》した剣一郎は、年番方与力《ねんばんかたよりき》の部屋に赴《おもむ》き、宇野清左衛門《うのせいざえもん》と会った。

隣の小部屋で、ふたりは向かい合った。

「青柳どの、例の件で何か」

清左衛門は真顔できいた。

鬼市坊のことから今回の付け火と五年前の大火の関連を調べているとだけは、清左衛門にそれとなく話してあった。

「鬼市坊は毎日辻立ちをしていますが、月に魂を奪われた梅太郎という男はいまだに見つかりません」

「ほんとうに梅太郎は存在するのか」

清左衛門は疑問を口にする。

「その疑いはもっともです。梅太郎は鬼市坊の妄想の産物と多くのひとは思うかもしれません。しかし、私は無下《むげ》にすることは出来ないのです」

五年前、満月を見つめながら呟いていた鬼市坊の姿には鬼気迫るものがあった。あの姿を見ていなければ、鬼市坊の話に耳を傾けることは出来なかったかもしれない。

今回、鬼市坊と会い、その目の光を見て間違いないと実感したのだ。

「今もって青柳どのがそう考えるなら、梅太郎は実在すると思わねばなるまい」

清左衛門は自分自身に言い聞かせるように呟く。

「それを前提とした場合、五年前の大火は浮浪者の火の不始末が原因とされていましたが、梅太郎の仕業ではなかったかという疑念が生じます」

「だとしたら、由々《ゆゆ》しきこと」

清左衛門は厳しい顔で言う。

「はい。今回も梅太郎の仕業ということになります」

　五年前の大火も、今回の火事も、同じ手口で付け火が行なわれていた。だが、鬼市坊が捜す梅太郎が、その付け火の犯人であるという根拠は共に満月の夜だということだけだ。鬼市坊を知らなければ、一笑《いっしょう》に付《ふ》されるだろう。

「鬼市坊のことはさておき、実は少し気になることがあるのです」

　注意を引くように、剣一郎は声を落として言う。

「何か」

　清左衛門は真顔になった。

「五年前と今回の火事で、材木問屋の『木曾屋』が大儲《おおもう》けをしているのです」

「どういうことだ？」

　清左衛門は身を乗り出した。

「五年前、『木曾屋』は当時の作事《さくじ》奉行、拝島若狭守さまの言葉をもとに材木を買い占めていたのです」

　浜御殿の改築をはじめとする幕府の施設の建て直しなどの普請《ふしん》が控えているという若狭守の発言から、『木曾屋』は賭けに出て、材木の買い占めに走った。

「そこで、あの大火です」

「うむ」

清左衛門は頷く。

「火事の復興を優先させるために、幕府は一連の普請を中止した。本来なら中止で『木曾屋』は大損をするところを、逆に大きく儲けることに」

さらに、剣一郎は続ける。

「そして、今回、『木曾屋』は廃業する材木問屋『大島屋』の在庫を買い取っていたため、またも儲けが……。ここで不審なことが」

清左衛門はさらに身を乗り出した。

「今は勘定《かんじょう》奉行になられている若狭守さまが、『木曾屋』に『大島屋』の在庫の材木を買い取ってやるように勧めたそうです。ただ、さらに不可解なのは、廃業するはずの『大島屋』は材木を新たに仕入れていたのです」

剣一郎は間を置き、

「『大島屋』の息子である豊太郎の話では、新たに手に入れた材木は『木曾屋』が高値で買い取らせるので、その分の利益が得られると、廃業する『大島屋』のために若狭守さまが気を使って下さったということでした」

「『木曾屋』はかなりの在庫を抱えたことになるな」

「はい。その上での今回の火事の発生です。あの火事で材木の値段も高騰し、またしても『木曾屋』は大きな利益を上げることになるのです」

うむと、またしても清左衛門は唸《うな》った。

「『木曾屋』の徳兵衛は大きなつきに恵まれていて怖いくらいだと言ってました。幸運が二度も続けて起こることもないとは言えません。それに、間も五年ありますし」

剣一郎は深呼吸をして息を整えた。

「火盗改《かとうあらため》が『木曾屋』の徳兵衛の周辺を調べても、徳兵衛に命じられて付け火をするような者は見つからなかったということです。付け火は重罪です。火あぶりの刑に処《しょ》せられるのを覚悟で、頼まれて付け火をする者がいるとは思えません。ただ」

剣一郎は一呼吸間を置き、

「鬼市坊が言うところの、月に魅入《みい》られた梅太郎という男が実在し、かつ徳兵衛が梅太郎の火を好《この》む性癖を知っていたとしたら、『木曾屋』の二度の幸運に疑念が生じます」

と、重大なことを口にした。

「その前提で、『木曾屋』と若狭守さまの関係を見直してみると、様相《ようそう》は一変します」

「…………」

清左衛門は目を剝《む》く。

「五年前、『木曾屋』は若狭守さまの言葉によって材木を買い占め、今回は若狭守さまの懇願で『大島屋』の在庫を引き受けています。その結果の大儲け」

「『木曾屋』の動きはいずれも若狭守さまが関係しているな」

清左衛門は厳しい表情になった。

「五年前の幕府の普請計画ですが、実際にそのような計画があったのでしょうか。浜御殿の改築はほんとうかもしれませんが、あとに続く普請については具体的なものは何もなかったのではないでしょうか。それを、若狭守さまと徳兵衛は利用したのです」

「『木曾屋』の徳兵衛と若狭守さまはつるんでいるのか」

清左衛門が憤然《ふんぜん》と言う。

「そうです。幕府の普請の見込みなどなかったのでしょう。それをあたかもあったかのように装《よそお》ったのです。しかし、証《あかし》はありません。仮に追及しても、若狭守さまは幕府の計画を知ってつい漏らしたのを『木曾屋』の徳兵衛が勝手に解釈して賭けに出たのだと言い訳をするでしょう。それを嘘《うそ》だと証すことは出来ません。ただ、『木曾屋』の儲けの一部は若狭守さまにも渡っているはずです。その金の流れがつかめれば、ふたりの結託《けったく》を明らかに出来るのですが、それは出来ないでしょう。五年前のことですから」

　剣一郎は無念そうに言う。

「五年の歳月は大きい」

　清左衛門は吐き捨てる。

「ただ、今回、若狭守さまは妙な動きをしました。『木曾屋』に『大島屋』の在庫を買値より高く買い取るように求めていたようです。さらに、『大島屋』は廃業が決まっていたのに、大量の仕入れを行なっていました。これは『木曾屋』に材木を多く蓄《たくわ》えさせるからくりではないかと」

　しかし、と剣一郎はため息をつき、

「これも証がありません。おそらく、廃業する『大島屋』に少しでも余裕を持たせてやりたかったと、若狭守さまは弁明するでしょう」

「なぜ、『大島屋』にそこまでするのかと問われたら、若狭守さまは何と答えるか」

清左衛門がきく。

「作事奉行だったときからいろいろ協力してもらったから、その恩返しだとでも言うのではないでしょうか。いずれにしろ、若狭守さまや『木曾屋』の動きに不審な点があっても、すべて言い逃れが出来てしまいます」

「………」

「宇野さま。それでも若狭守さまにきいてみたいと思います。接見の申し入れをしていただけますか」

剣一郎は頼んだ。

「いいだろう。しかし、予想通りに弁明されたら、次はどう出るつもりか」

清左衛門はきいた。

「正直、打つ手はありません」

剣一郎は首を横に振った。

「今、私がいろいろ述《の》べたことは、梅太郎が実在し、徳兵衛の手中にあると仮定しての話です。したがって、梅太郎が実在しなかった場合は、『木曾屋』や若狭守さまは清廉潔白ということになりましょう。実在したとしても、梅太郎と『木曾屋』の繋がりが明らかにならなければ、『木曾屋』と若狭守さまの思い通りということに……」

　すべては、梅太郎を見つけだすことにかかっていると、剣一郎は言った。

「しかし、もう何年も捜し続けていても見つけだせない。今後も、見つけることは難しいのではないか」

　清左衛門は悲観するように言った。

「いえ、これからは『木曾屋』に狙《ねら》いを絞ることが出来ます。梅太郎は『木曾屋』の周辺にいるはずです」

　剣一郎は言い、

「鬼市坊には富岡八幡宮の参道近くで托鉢をしてもらうようにしました」

「うむ。しかし、梅太郎の顔を知っているのは鬼市坊だけか」

　清左衛門は首を傾《かし》げ、

「鬼市坊は梅太郎を見つけだしてどうするつもりなのか」

　と、呟いた。

「口振りからすると、付け火をやめるように説《と》き伏せるつもりだと思いますが、その先のことはわかりません」

「梅太郎は二度の付け火で、大惨事を引き起こした。捕まれば死罪だ。鬼市坊はそれを望んでいるわけではあるまい。まさか」

清左衛門は目を見開き、

「梅太郎を逃がすつもりではないのか」

と、危惧《きぐ》を口にした。

「そうですね。しかし、そうであれば我らに協力を求めたりしないのではないかと思いますが」

鬼市坊は梅太郎について多くを語ろうとしない。隠していることがある。梅太郎のことを知るには、その前に、鬼市坊について知る必要があると、剣一郎は思った。

鬼市坊は二十七年前、二十五歳のとき、江戸を離れたと言っていた。そして、七年前に江戸に戻ってきて、昔住んでいた本所石原町に行ってみたが、知っている者はいなかったという。

鬼市坊は二十七年前、本所石原町に住んでいたのだ。石原町に鬼市坊の手掛かりはあるだろうか。

知っている者はいなかったというが、鬼市坊が二十七年ぶりに長屋に行ったのは、誰かに会うためだったか。だが、すでにそこには住んでいなかった。しかし、誰をたずねたのか、長屋の住人にきけばわかるかもしれない。

「いずれにしろ、鬼市坊は秘密を抱えています。鬼市坊の過去を調べれば、梅太郎のこともわかってくるかもしれません」

鬼市坊について調べてみると、剣一郎は言い、

「では、若狭守さまの件、よろしくお願いいたします」

と、改めて頼んだ。

二

四月一日の朝、剣一郎は太助を伴い、本所石原町にやってきた。

最初に目についた長屋木戸を入った。路地にひとの姿はなかったが、真ん中の家の腰高障子《こしだかしょうじ》が開いて年寄りが出てきた。

「とっつあん、ちょうどよかった」

太助が年寄りに近づいた。

「なんだね」

「とっつあんはこの長屋に長くいるのか」

「そうよな。二十年になるかな。この長屋じゃ、俺が一番の古株だ」

年寄りは胸を張って言い、

「それがどうしたんだ？」

と、逆にきいてきた。

「七年ほど前のことをききたいんだけど、覚えているかな」

「覚えているかだと。冗談じゃねえ。そんな耄碌《もうろく》してねえ。あっしは物覚えがいいんだ」

年寄りは憤慨《ふんがい》した。

「すまねえ。とっつあん」

太助はあわてて謝り、

「七年前、墨染衣《すみぞめごろも》の行脚僧《あんぎやそう》がこの長屋に誰かを訪ねてやってこなかったかえ」

「墨染衣の行脚僧だと」

年寄りは目を細めた。

「よれよれの墨染衣の行脚僧か」

「来たのか」

太助は声を弾《はず》ませた。

いきなり行き当たるとは運があると、剣一郎は安堵《あんど》し、

「その行脚僧は何しにここにやってきたんだね」

と、編笠《あみがさ》をとってきいた。

「あっ。青痣《あおあざ》与力」

年寄りは素《す》っ頓狂《とんきょう》な声を上げ、

「こいつはどうも」

と、頭を下げた。

「で、その行脚僧のことだが」

剣一郎が改めてきく。

「へえ、昔この長屋に住んでいたという女のひとを訪ねてきました」

「女？　なんという名か覚えているか」

「さあ、そこまでは……。いや、待てよ」

年寄りはこめかみに手を当てて、しきりに考えていた。

「おうたとかおとよだったかな。いや、おさよ……。待てよ、おとしだったかも」

最後は匙《さじ》を投げたように、

「ちょっと思いだせねえ」

と、年寄りはため息をついた。

「まあいい。で、行脚僧は訪ねた相手がいないと知って、どうした？　素直に引き揚げていったのか」

「長屋の連中ひとりひとりを当たり、大家さんにもきいていました。いないと知って、落胆して引き揚げていきましたよ」

「大家はここに何年いるんだ？」

「十年ぐらいじゃないですか」

「十年か。その前の大家は？」

「おかみさんが亡《な》くなってから隠居しました」

「そうか。わかった。大家の家はどこだ？」

「木戸の脇の荒物屋《あらものや》です。あっしが呼んできましょう」

年寄りは木戸口に向かい、大家の家の裏口から声をかけた。

ほどなく、四十過ぎと思える男が出てきた。

「大家さん。青柳さまです」

年寄りが声をかける。

「何、青柳さま」

大家は剣一郎に目をやった。

「これは青柳さまで」

裏口から出てきて、大家は頭を下げた。

「ちょっと訊《たず》ねたいことがある。七年前……」

と、剣一郎は年寄りに話したことをもう一度口にした。

「確かに、そのような行脚僧が参りました。私は当時で長屋に来て三年目でしたから、行脚僧の役には立てませんでした。それで、前の大家さんの住まいを教えたのです」

「前の大家は二十七年前にはこの長屋にいたのか」

「いたようです。ですから、前の大家さんにきけばわかると思って」

大家は答える。

「隠居したということだが、大家は今も達者《たつしや》だろうか」

「それが、病《やまい》で臥《ふ》せっているという話です」

「いくつだ？」

「七十過ぎだと思います」

「名は？」

「六兵衛《ろくべえ》さんです」

「今、どこに？」

「娘さんの嫁《とつ》ぎ先の木挽町《こびきちょう》六丁目にある古着屋『鹿島屋《かじまや》』……」

剣一郎は前の大家の居場所を聞いて長屋を出た。


半刻（一時間）余り後に、剣一郎と太助は木挽町六丁目にやってきた。

商家が軒《のき》を連《つら》ねる目抜《めぬ》き通りを歩いていて、太助がいきなり指差した。

「あそこです」

屋根看板に『鹿島屋』と金文字で書いてある。

間口が広く、客の出入りも多い。

店ではなく、家族が出入りする戸口に向かい、太助が格子戸《こうしど》を開けた。

「ごめんください。お願い申し上げます」

太助は大きな声で奥に向かって呼びかけた。

女中らしい若い女が出てきた。

「こちら南町の青柳さまです。内儀《おかみ》さんにお会いしたいのですが」

「青柳さま」

　女中はびっくりしたようで、

「ただいま、すぐに」

　と、あわてて奥に向かった。

　大柄な女がやってきた。目鼻だちのはっきりした四十歳ぐらいで、内儀らしい風格があった。

「内儀のつやですが」

　上がり框《がまち》に腰を下ろして、おつやが不安そうに剣一郎に目を向けた。

「本所石原町の長屋で大家をしていた六兵衛さんが、こちらにいらっしゃるとお聞きしました。お会《あ》いできるでしょうか」

　太助が用件を告げた。

「父は寝込んでおりますが、どのようなことで？」

「七年前、墨染衣の行脚僧が六兵衛さんを訪ねてきたと思うのですが、覚えておいでですか」

「そういえば、そんなことがありました」

　おつやは思いだして言う。

「薄汚い行脚僧だったので印象に残っています」

「その行脚僧と同じ理由でやってきました」

太助が正直に言う。

「同じ理由とおっしゃいますと？」

「二十七年前の石原町の長屋でのことです」

「二十七年前ですって」

おつやは目を見開いた。

「ええ。ずいぶん、古い話なのですが」

「そうですか。ただ、父は五年前に中風《ちゅうぶう》で倒れてから言葉も満足に話せません。ご期待に添えるかどうか」

おつやは首を傾げた。

「まったく、話ができないのか」

剣一郎は横合いからきいた。

「いえ、頭はしっかりしているのですが、うまく言葉にならないのです」

「それは……」

剣一郎は事情を察したが、

「でも、ぜひお会いしたい」

と、頼んだ。

「わかりました。離れにおりますので、裏口にまわっていただけますか。ご案内いたします」

おつやは立ち上がった。

剣一郎と太助は土間を出て、路地に入り、塀伝いに裏口にやってきた。ちょうど、戸が開いた。さっきの若い女中が立っていた。

「こちらに」

女中の案内で、庭に入り、植込みの間を縫《ぬ》い、離れに向かった。庭の桜の樹も葉桜になっていた。

離れで、おつやが待っていた。

「どうぞ」

剣一郎は部屋に上がった。

やせさらばえた年寄りがふとんに横たわっていた。

「おとっつあん、南町の青柳さまよ」

おつやが耳元で声をかける。

ああ、ああと涎《よだれ》を垂らしながら、六兵衛は頷いた。

「青柳剣一郎です。お話をしたいのだが、よろしいか」

六兵衛は大きく頷く。

「六兵衛どのは十年前まで本所石原町の長屋で大家をしていましたね」

ああと、六兵衛は声にならない声で頷く。

「七年前に、二十年前のことを訊ねに、行脚僧がやってきたそうですが、覚えていらっしゃいますか」

しきりに六兵衛は何かを言っている。夢中で訴えているだけに、よけいに聞き取れない。おつやが六兵衛の耳元で、

「おとっつあん。落ち着いて」

おつやが興奮している六兵衛をなだめる。

涎を垂らしながら、懸命に訴えているが、おつやにも通じないようだ。

おつやは六兵衛の額《ひたい》に手を当てた。

「熱があるわ」

六兵衛の呼吸が荒くなっていた。

「青柳さま。父は発作を起こしてしまったようです。すぐお医者さまに診てもら

いますが、落ち着くまで二、三日かかるかもしれません」

おつやは済まなそうに言った。

「日を改めよう」

剣一郎は気落ちしたが、六兵衛が何かを訴えようとしていることは間違いない。

おそらく鬼市坊が捜していた女の行方を、六兵衛は知っているのではないか。いったい、その女は何者なのか。梅太郎とどのような関係にあるのか。

六兵衛はそれらのことをすべて話そうとしていた。しかし、残念ながら、聞き取れなかった。

あとはおつやに託すしかない。

「出来る限り、六兵衛の訴えを聞き漏らさず、そのままをわしに伝えてもらいたい」

剣一郎は頼んだ。

「わかりました」

おつやは請《う》け合った。

木挽町から南八丁堀を経《へ》て霊岸島《れいがんじま》を突っ切り、永代橋を渡って富岡八幡宮までやってきた。参道付近に、鬼市坊が立っていた。

剣一郎と太助は鬼市坊に目顔で合図をし、木場に向かった。

至るところに材木置き場があり、堀では見事な彫物の川並《かわなみ》が筏《いかだ》に乗って材木を操っている。

剣一郎は太助と別れ、ひとりで『木曾屋』に行った。

土間に入ると、何人かの袢纏《はんてん》を着た奉公人が立ち働いていた。剣一郎は一瞥《いちべつ》してから、番頭《ばんとう》に声をかけた。

「主人はいるか」

「これは青柳さま。はい、さきほど、外出先からお戻りになりました。少々お待ちください」

柔和《にゅうわ》な顔に冷たそうな目をした番頭は答え、

「吉松」

と、そばにいた長身の男を呼んだ。二十七、八歳だ。梅太郎より背が高い。

「旦那に青柳さまがお見えだと伝えてきてくれ」

「わかりました」

無表情で応じ、敏捷《びんしょう》な動きで板敷きの間に上がり、若い男は摺《す》り足で長暖簾《ながのれん》をかきわけて奥に向かった。

「あの男は手代《てだい》か」

「はい。そうですが、何か」

「いや。長身の割に敏捷だ」

武道の心得があるのではないかと思った。

若い男が戻ってきて、

「どうぞ、こちらに」

と、誘った。目付きが鋭《するど》い。ふと、危険な匂いがした。

剣一郎は腰から刀を外し、若い男のあとに従った。

途中、剣一郎は若い男にきいた。

「そなたはいつから『木曾屋』に？」

「八年ほど前からです」

「小僧として奉公したのではないのか」

「はい」

客間に着き、それ以上問いかけることは出来なかった。

「どうぞ、こちらでお待ちください」

剣一郎は客間に入った。

ほどなく、主人の徳兵衛がやってきた。

「お待たせいたしました」

向かいに座って、徳兵衛は挨拶《あいさつ》をした。

「で、今日はどのような？」

「いや、たいしたことではない。ただ、ちょっと確かめておきたいことがあるのだ」

剣一郎は静かに言う。

「なんでしょうか」

徳兵衛も穏《おだ》やかな目を向けた。

「廃業する『大島屋』の在庫の材木をすべて引き受けたということであったが、廃業が決まった後に『大島屋』は新たな材木を仕入れていたそうだ。そのことを知っていたか」

「あとになって知りました」

「どうやって知ったのだ？」

「若狭守さまから、『大島屋』の在庫を相場より高く引き取ってやってもらいたいと言われて、そのとおりにしましたが、在庫が思った以上に多かったので、帳簿を見せてもらったんです」

「そもそも廃業する材木問屋の在庫なら安く買い叩いて手に入れるのがふつうかと思うのだが、逆だった。そなたは理不尽だと思わなかったのか」

剣一郎は鋭くきく。

「正直思いました。なれど、五年前に儲けたことを持ちだされ、やむなく若狭守さまの仰《おお》せに従いました次第」

「しかし、大火事からの復興で、材木の値段が高騰するであろうことを織り込み済みだったのではないか」

「いえ、そんなことはありません」

徳兵衛は含み笑いをして否定する。

「そうか。ききたいのは、それだけだ。邪魔をした」

剣一郎はあっさり立ち上がった。

部屋を出るとき、

「ところで、近々若狭守さまにお会いする予定はあるのか」

と、剣一郎はきいた。

「いえ、特には」

徳兵衛は訝《いぶか》しげに答える。

『木曾屋』を出て、剣一郎は富岡八幡宮の参道付近までやってきた。相変わらず同じ姿勢で、鬼市坊が立っていた。

剣一郎はしばらく鬼市坊の様子を見ていたが、若い男が通りかかっても反応を示さなかった。

「青柳さま」

木場のほうから太助がやってきた。

「川並の連中を見てきましたが、梅太郎らしき男は見当たりませんでした」

「うむ。ごくろう。やはり、梅太郎がいるとしたら『木曾屋』の中だろう」

剣一郎は呟き、

「今度の満月の夜に『木曾屋』を訪ねてみれば、何かわかるかもしれない」

梅太郎がいるかどうか、簡単に確かめられるとは思えないが、剣一郎は訪ねる気持ちになっていた。

三

四月二日の昼前。

京之進は横山町《よこやまちょう》の自身番で、六郎から報告を聞いた。

火事の起こった夜に、昌平橋の袂《たもと》で富次と若い男を見た者はいないか、六郎の手下は地道に捜していた。

そして、ついに富次を見たという男を捜し出してきた。すぐに六郎がその男から話を聞いてきたのだ。

「富次を見ていたのは明神下に住む職人で、やはり火事が起きたとき、火の手を見に行ったそうです。昌平橋の袂に着いたとき、神田川対岸に炎が上がっているのを見ながら、奇声を発している男がいて、その男が湯島の高台のほうに走って行ったあと、追うように駆けていった男が小間物屋の富次だと言ってました」

「炎を見ながら奇声を発している男……。ひょっとして」

京之進は熱風を浴《あ》びたように顔がかっと熱くなった。

「へえ。付け火の犯人かもしれません」

六郎も興奮を抑えて言う。

「うむ」

「でも、炎を見て奇声を発していただけで、付け火の犯人だとわかるとは思えませんが」

六郎は口にしたことを自分で否定した。

「富次はその男とすれ違っているのだ。そのとき、油の臭いがしたのかもしれぬ」

京之進は想像した。

「なるほど」

「だが、それだけで付け火の犯人だと決めつけることは出来まい。おそらく、その男は富次の知っている男だったのではないか。いや、知っているというより、どこかで見かけたことのある男に似ていた。だから、それを確かめるためにあとをつけた……。だが、見失い、はっきりさせることは出来なかった」

京之進は息を継いで、

「ところが、それから七日後、深川に商売で行ったとき、その男を見かけたのだ。しかし、火事のときに見た男かどうかわからないまま、夕方には長屋に帰った。だが、どうしても気になり、もう一度、深川に行った」

京之進はそうに違いないと思った。

「その男はひとり暮らしではない。誰かといっしょだ。親か兄弟か、あるいはどこぞに住み込んで奉公していると思われる。富次の口を封じたのは、その男のそばにいる人物だ」

「旦那。その男をどうやったら見つけられましょうか。いったい、富次は深川のどこでその男を見かけたのか」

六郎は憤然とする。

「昌平橋で富次を見かけた職人は、奇声を発していた男の顔を覚えていないのか」

「ええ、覚えてないそうです」

六郎は悔しそうに言う。

「富次が行商で歩いた道順を調べ、そこを辿《たど》って探り出すしかないかもしれぬ」

迂遠《うえん》な方法しかないことに歯噛《はが》みをした。顔もわからない男を見つけだすことは難しいと、京之進は思わずため息をついた。

その夜、京之進は八丁堀の青柳剣一郎の屋敷を訪れた。

「夜分に申し訳ございません」

「構わぬ」

剣一郎はやさしく応じる。

「小間物屋の富次殺しについてお知らせしたいことがあります」

「うむ、聞こう」

「はい」

京之進はわずかに膝《ひざ》を進め、

「富次は商売で訪れた深川から夕方に長屋に帰ったあと、五つ（午後八時）ごろに改めて深川に行ったようなのです。おそらく、何かを確かめるためだったのではないか」

と、語りだした。

「あの火事の夜、富次は様子を見に昌平橋の袂まで行ったところ、炎を見ながら奇声を発している男に気づき、その男のあとを追い掛けたようなのです」

「炎を見ながら奇声を発しているだと」

剣一郎の表情が厳しくなった。

「はい。なぜ、富次はその男のあとを追い掛けたのか。その男は富次の脇を擦り抜けて、湯島の高台のほうに向かったそうです。これは私の勘でしかありませんが、富次はすれ違ったとき、その男から油の臭いを嗅《か》ぎ取ったのではないかと」

「付け火の犯人か」

剣一郎は口にした。

「はい、そうだと思います。ただ、富次は油の臭いだけで男のあとをつけたのではなく、以前にどこかで見かけたことがある男だったからではないでしょうか」

「うむ」

「殺された日、富次はその男と偶然に再会したのです。そこで、火事の夜のことを思い出した。しかし、はっきりと決めつけられない。いったん、夕方に長屋に帰ったものの、そのことが気になり、改めて深川に出かけて行った。だが、口封じか、その男の仲間に殺された……」

「そのとおりだろう」

剣一郎が言い切り、

「京之進、よく調べ上げた」

と、讃《たた》えた。

「私の想像は間違っていないのでしょうか」

京之進は確かめるようにきいた。

「いや、わしもそう思う」

剣一郎は打ち明ける。

「五年前、わしは満月を見ながらうわ言のように何か呟く行脚僧に会った。問いかけると、月に魂を奪われた男がとんでもないことをしてしまうと言った。その直後、半鐘《はんしょう》が鳴り、あの大火が発生したのだ」

剣一郎は大きく息を吐き、

「そして、今回の火事も満月の夜だった。それで、気になって行脚僧を見つけだし、改めて月に魂を奪われた男のことをきいた」

京之進は固唾《かたず》を呑《の》んで耳を傾けている。

「行脚僧は鬼市坊と名乗り、梅太郎という男のことを打ち明けた。七年前から梅太郎を捜しているという。梅太郎は皓々と照る月を見ているうちに血が滾《たぎ》ってくるのだろう。炎が見たくなるのだ」

「なんと」

京之進は驚愕した。

「梅太郎は二十八歳。細身で色白。眉《まゆ》は太くて短い。切れ長の目で、鼻が高く、唇《くちびる》は薄い。背丈は五尺五寸（約一六五センチ）だという」

剣一郎は続ける。

「五年前も今回の火事も満月の夜だった。共に皓々と月は照っていた。付け火の手口もまた同じ。鬼市坊の言葉を信じるならば、ふたつの火事は梅太郎の仕業だ」

剣一郎は言い切った。

「昌平橋で、炎を見ながら奇声を発していた男は梅太郎でしょうか」

「そうかもしれぬ」

「富次は、どこで梅太郎に似た男を見かけたのでしょうか」

京之進は呟く。

「ふたつの火事で気になるのは『木曾屋』だ」

「『木曾屋』？」

京之進ははっとした。

「『木曾屋』はふたつの火事で大儲けをしている」

「『木曾屋』が梅太郎を操っていると?」

京之進は声を上擦《うわず》らせた。

「わしはそう睨《にら》んでいる」

「青柳さま、『木曾屋』は富次の得意先なのです」

京之進は身を乗り出し、

「先日、『木曾屋』に聞き込みに行った帰り、下男《げなん》として働く若い男を見かけました。その男は細身で、背丈は五尺五寸ぐらい。顔はよくわかりませんが、色白でした」

と、説明し、

「半吉といい、ひと付き合いが苦手で、なにをやってもうまくいかない。そんな半吉を不憫《ふびん》に思って、旦那が下男にして雇って面倒を見てやっているようです」

「ひと付き合いが苦手か」

剣一郎は首を傾げ、

「ほんとうはそうではないのかもしれない。そのように言いふらし、奉公人と接触をさせないようにしているのでは。梅太郎だということは十分に考えられる」

と、推《お》し量《はか》った。

「富次は殺された日も、夕七つ（午後四時）前に『木曾屋』を訪れ、女中たちを相手に商売をしていました」

京之進は話した。

「富次は『木曾屋』を訪れるたびに梅太郎を見かけていたのだ。そして、火事が発生したあと、昌平橋の袂で出会った。しかし、そのときは似ているというだけで、はっきり『木曾屋』で見かけた男だとはわからなかった。だが、殺された日の夕七つ（午後四時）前に『木曾屋』を訪れた際に、その男を見た……」

剣一郎の話に、京之進は黙って頷く。

「いったん長屋に帰ったあと、夜になって改めて出かけたのは『木曾屋』の主人か番頭に会いに行ったのだろう。そのことを告げるために。だが、富次は気づいていなかったのだ。『木曾屋』の徳兵衛が梅太郎を利用していたことを」

「間違いないようです」

京之進は勇んで、

「鬼市坊を連れて『木曾屋』に乗り込みますか」

と、先走った。

「待て。慎重に対処しないと、梅太郎をどこかに逃がしてしまうだろう。いや、口封じをするかもしれない。『木曾屋』の徳兵衛の背後には勘定奉行の拝島若狭守がいるのだ。若狭守を守るためにも、徳兵衛は思い切った手段に出ないとも限らない」

剣一郎は用心深く言い、

「梅太郎は左の二の腕に火傷《やけど》跡があるそうだ。『木曾屋』の半吉という男の左腕を確かめるのだ。その上で、鬼市坊に引き合わせよう」

と、指図《さしず》した。

「わかりました」

京之進は顔を上気させて答えた。京之進は興奮していた。

あのときに見かけた下男が梅太郎か。そして、『木曾屋』の奉公人の中に、徳兵衛の命《めい》を受けて富次を殺した男がいるのだ。梅太郎が目をつけられたと知ったら、梅太郎まで始末するかもしれない。

「それから『木曾屋』に気になる男がいる」

剣一郎が切り出す。

「吉松という手代だ。二十七、八歳。長身ながら敏捷な動き。武道の心得があると見た」

「長身……」

富次といっしょに歩いていた男も長身だ。

「その男がどうのこうのというわけではないが、どこか危険な感じがした。『木曾屋』に八年ほどいるらしいから、二十歳前後で奉公している。それ以前に、武道を習っていたのだろう」

「確か、半吉と話せる数少ないうちのひとりとききました。注意して見てみます」

早計《そうけい》かもしれないが、吉松が富次を殺したとも考えられる。いっきに核心に触れることが出来、京之進は勇み立った。

大きく深呼吸をして興奮を鎮《しず》め、剣一郎の屋敷を出た。夜風は暖かく、草木から夏の匂いを感じながら、京之進は逸《はや》る気持ちを抑えて自分の屋敷に戻った。


翌日から、六郎と手下ふたりがひそかに『木曾屋』の周辺を歩き回り、奉公人に注意を向けていた。

昼前に、京之進は木場にやってきた。『木曾屋』の近くに行くと、六郎がどこからともなく現われた。

「吉松という手代はわかりました。長身です。富次といっしょに新大橋を渡った男に間違いないように思えます。ただ」

六郎は間を置き、

「梅太郎らしき男はまだ外には出てきていません」

「下男なので、庭で働いているのだろう」

京之進は頷き、

「手下を『木曾屋』の裏口に置いてくれ。女中が出て来たら、女中頭《がしら》のおふさを呼んでもらうように」

と、六郎に命じた。

「わかりました」

それから半刻（一時間）後、京之進は三十三間堂《さんじゅうさんげんどう》の境内《けいだい》で、六郎が連れてきたおふさと会った。

「こんなところまで呼び出してすまなかったな」

京之進は詫《わ》びる。

「いえ。でも、私に何か」

おふさは訝しげにきく。

「うむ。下男の半吉のことで教えてもらいたい」

「半吉さんのことですか」

おふさは困惑して、

「私はよく知りませんけど」

と、尻込みするように言った。

「半吉は先月の半ば、そう三月十五日の夜、どこかに出かけていなかったか」

「さあ、私は下男の動きまではわかりません。あっ」

途中で、おふさは何かを思いだしたようだった。

「何か」

京之進は促す。

「はい。確か、十五日は『木曾屋』にいませんでした」

「いなかった？」

京之進は胸が騒いだ。

「はい。庭の掃除や薪《まき》割りを半吉さんではない、もうひとりの下男がしていました」

「半吉はどうしていたのだ？」

「もうひとりの下男にきいたら、半吉さんは『木曾屋』の寮に行っているということでした」

「『木曾屋』の寮?」

「ええ。たぶん、十三日あたりから、しばらく寮のほうに行っていたようです」

「なんのために?」

「さあ、わかりません。旦那や番頭さんたちも寮に行っていたみたいですから、何か仕事があったんでしょうけど」

「番頭さんたちというと、他に誰が?」

「手代の吉松さんです」

「吉松……」

富次殺しの下手人《げしゅにん》かもしれない男だ。

「番頭や手代の吉松も寮に行っていたのは間違いないのだな」

「ええ、食事のとき、いませんでしたから」

おふさは京之進の執拗《しつよう》な問いかけに戸惑いながら答えた。

「寮はどこにあるのだ?」

「入谷《いりや》です」

「入谷か」

神田多町で火を放ったあと、昌平橋を渡り、湯島の高台から紅蓮《ぐれん》の炎を眺め、それから悠々と入谷の寮に帰ったのだ。

もちろん、あくまでも調べの積み重ねから推し量っただけで、はっきりした証があるわけではない。

証といえば……。

京之進はあることを思いだしてきいた。

「半吉の左の二の腕に火傷跡があるかどうかわからぬか」

「左二の腕ですか」

おふさは目を細め、

「そういえば、薪割りをしているときにそばを通ったことがあります。ええ、左二の腕に痣《あざ》のようなものが見えました」

と、思いだした。

「あったか」

間違いない。半吉こそ梅太郎だと、京之進は武者震《むしやぶる》いがした。

「もう、よろしいですか。そろそろ行かないと」

おふさが落ち着きをなくした。

「うむ。すまなかった」

京之進は謝してから、

「今わしに話を聞かれたことは誰にも言わないでもらいたい、よいか」

と、強く言った。

「わかりました」

おふさは約束し、そそくさと境内を出ていった。

「旦那。間違いありませんね。半吉が梅太郎。富次殺しは吉松……」

境内を出ていくおふさを見送りながら、六郎が言い切った。

「だが、まだ問い詰めることは出来ぬ。左二の腕に火傷跡があるからといって、半吉が梅太郎だとは言えぬ。鬼市坊がほんとうのことを話しているかどうかわからない。また、吉松が富次を殺したという証があるわけではない」

京之進は慎重に言い、

「いずれにしろ、当人がしらを切っても追い詰めることが出来る材料が欲しい」

入谷にある『木曾屋』の寮で、寮番に三月十五日の半吉の様子を問い質《ただ》したいと思ったが、それをすれば主人の徳兵衛に話は伝わってしまう。

警戒されてはならない。最悪の場合、半吉が口封じで殺されかねない。

だが、あと一歩のところまで来ていると、京之進は自分を奮《ふる》い立たせた。

四

その夜、京之進が剣一郎の屋敷にやってきた。

「青柳さま。だいぶわかってきました」

京之進は興奮を抑えて切り出した。

「『木曾屋』の女中頭にききましたが、下男の半吉の左二の腕に火傷跡のようなものがあるということでした」

「あったか」

「はい。梅太郎に間違いないと思います」

京之進は弾んだ声で続ける。

「また、半吉は三月十三日ごろから入谷の寮に行き、十五日の夜も『木曾屋』にはいませんでした。番頭と手代の吉松もいっしょです」

「入谷なら出火場所からそれほど遠くないな。おそらく、十三、十四、十五日のいずれかに皓々と照る月が出るのを期待してのことに違いない」

剣一郎は憤然と言う。

「青柳さま。これからどうしたらいいでしょうか。残念ながら、すべてにおいて確たる証がありません」

京之進は心配を口にした。

「半吉が梅太郎だとわかっても、半吉が付け火をしたという証はない。第一、鬼市坊の言うことをほとんどの者は信じまい」

剣一郎は懸念を口にし、

「だが、出来ることをして、ひとつずつ解決していくのだ。まず、鬼市坊に半吉を会わせ、半吉が梅太郎だとはっきりさせよう。ただし、梅太郎だと明らかにするだけで、付け火の件はまだ抑えておくのだ。半吉が付け火の犯人だと疑われていると知ったら、徳兵衛は半吉に何をするかわからん」

「はい」

「いずれにしろ、ひとつずつ明らかにしていけば、『木曾屋』の徳兵衛も不安を覚えるだろう」

剣一郎は言い切る。

「では、鬼市坊に半吉を会わせるのはいつに？」

京之進が急《せ》いてきいた。

「明日、勘定奉行の若狭守さまにお目にかかることになった。そこで『木曾屋』との関係をきいてみる。わしが若狭守さまと会ったことは、すぐに徳兵衛に知らされるはずだ。ふたつの火事に我らが疑問を抱いていることを知るだろう。そして、じわじわと、探索の手が迫っているとなれば動揺するはずだ。そこに付け入る隙《すき》が出来る」

剣一郎は思わず激しい口調になり、

「そのあとだ。明後日の朝、鬼市坊を三十三間堂の境内で待たせるのだ。わしが『木曾屋』に行き、半吉を連れ出す」

「承知いたしました」

京之進が引き揚げたあと、そばで黙ってやりとりを聞いていた太助に頼んだ。

「明日、『鹿島屋』の内儀に会って六兵衛の様子を聞いてくれ」

「わかりました」

太助は大きく頷いた。

翌朝、奉行所に出仕して、剣一郎はすぐ宇野清左衛門に呼ばれた。

年番方与力の部屋に行き、

「宇野さま。お呼びで」

と、机に向かっている清左衛門に声をかけた。

「ごろう」

清左衛門は机の上の書類を片付け、

「長谷川《はせがわ》どのがお呼びだ」

と、苦々しげな顔で言った。

長谷川四郎兵衛《しろべえ》は内《うち》与力で、お奉行が赴任時に連れてきた家来である。

「はて、なんでしょうか」

剣一郎は首を傾げた。

「たぶん、勘定奉行の若狭守さまの件だと思うが。ともかく、行ってみよう」

清左衛門は立ち上がった。

内与力の部屋の隣にある部屋で待った。

「今日の昼過ぎだな。若狭守さまとお会いするのは」

清左衛門が小声で言う。

「はい。案外すんなりと受け入れて……」

襖《ふすま》が開いたので、剣一郎は途中で口を止めた。

四郎兵衛が入ってきた。

ふたりの前に腰を下ろし、

「青柳どの」

と、いきなり険のある顔を向けた。

「はい」

「勘定奉行の拝島若狭守さまに会うそうだな」

「私のほうから申し入れた」

脇から清左衛門が言い、

「何か問題でも」

と、強い口調になった。

四郎兵衛は剣一郎を日頃から敵視しており、何かと邪険に接してくる。それを知っていて、清左衛門は剣一郎を庇《かば》うように出たのだ。

奉行所の業務に精通している筆頭与力の清左衛門には、お奉行とて頭が上がらない。お奉行の威を借りて高慢に振る舞う四郎兵衛も、清左衛門には遠慮がちである。

「昨日、城中において、お奉行は若狭守さまに声をかけられたそうだ。何ごとかと思えば、青柳どのから面会の申し入れがあったが、お奉行も知ってのことかときかれたという」

四郎兵衛は冷ややかな目を向け、

「お奉行は知らないとお答えになったが、気まずい思いをしたそうだ」

と、口元を歪《ゆが》めた。

「あくまでもお話をお聞きしたいだけです。それに、お奉行を通せば、奉行所として若狭守さまから事情をきくということになります。それとも、奉行所として正式に若狭守さまから事情をきくべきだったと？」

逆に剣一郎はきいた。

「いや、そうではない」

四郎兵衛はあわてて言う。

「長谷川どの。若狭守さまは抗議をしてきたのか」

清左衛門がきく。

「いや、違う。青柳どのの用件が気になったようだ。いずれにしろ、今日の昼過ぎに青柳どのに会うとのことだ」

四郎兵衛は唇をひん曲げて言う。

「それなら何も我らを呼びつけて騒ぎ立てることはあるまいに」

清左衛門は苦情を言う。

「いや、お奉行も用件が気になっているのだ」

「長谷川どの。お奉行にお伝えくだされ。あくまでも青柳どのの一存で留めておいたほうがよろしいかと。知らないでいたほうが、若狭守さまとの関係も変わらずにすみましょうと」

清左衛門は意味ありげに言う。

「ますます気になるではないか」

四郎兵衛は焦《じ》れたように言う。

「若狭守さまと会ったあとに、どういう用件だったかご報告いたします」

剣一郎は言った。

「うむ。そうしてもらおうか」

四郎兵衛は渋々ながら応じた。

「長谷川どのは、若狭守さまの人柄についてお奉行から何かおききではありませんか」

剣一郎は確かめるようにきいた。

「何か仰っていたが……」

四郎兵衛は頷いた。

「若狭守さまは出世欲の強いお方ではないか」

清左衛門が口にした。

元々、ある旗本の次男だったが、十五歳で千五百石の旗本拝島家に養子に入った。家督《かとく》を継いでから小納戸《こなんど》役、使番《つかいばん》、長崎《ながさき》奉行、作事奉行などを歴任し、現在は勘定奉行の職にある。

「若狭守さまは次の町奉行の座を狙っているようだ」

「町奉行？」

剣一郎は眉根《まゆね》を寄せた。

「老中《ろうじゅう》などに付け届けをし、猟官《りょうかん》に励んでいるという噂《うわさ》があると、お奉行は仰っていた」

四郎兵衛は言った。

「では、賄賂《まいない》などを？」

剣一郎はずばりときいた。

「そうらしい」

四郎兵衛は答えた。

賄賂で官職を得ることも許しがたいが、『木曾屋』とつるんで火事を引き起こしたかもしれないのだ。

そんな人物が町奉行の座を狙っているなどもってのほかだと、剣一郎は怒りが込み上げてきた。

剣一郎の申し入れをすんなり受け入れたのも、南町奉行になるのを考えてのことではないか。

改めて、若狭守との対決に思いを馳《は》せた。

昼の八つ（午後二時）、剣一郎は神田駿河台《するがだい》にある拝島若狭守の屋敷を訪れ、客間にとおされた。

四半刻（三十分）以上待たされた。その間、剣一郎は正座をし、姿勢を崩すことなく若狭守の到着を待った。

ようやく、若狭守がやってきて、上座《かみざ》に腰を下ろした。

でっぷりとした体を脇息《きょうそく》に預け、冷ややかな目で見つめ、剣一郎が挨拶をするより先に、若狭守は静かに口を開いた。

「そなたが噂にきく青痣与力こと青柳剣一郎か」

「恐れ入ります。南町風烈廻り与力青柳剣一郎でございます」

剣一郎は改めて挨拶をしたが、あえて風烈廻り与力と強調した。

「風烈廻りとな」

「はい。風の強い日は、火災の予防と不穏な輩《やから》が付け火をしないか町を見廻っております」

ここでも、わざと付け火と言った。

「その風烈廻り与力がわしに何の用があるというのだ?」

若狭守は不快そうに厚い唇を歪めた。

「じつは、先月十五日の火事について、ある密告がありました」

「密告?」

「はい。材木問屋『木曾屋』の強運についてです。五年前の大火と今回の火事の二度、材木を売りさばいて大儲けをしたという。おそらく、同業のやっかみからでしょう。しかし、やっかみだったとしても、密告があった以上、捨ててもおけず、『木曾屋』から事情をききました」

「…………」

若狭守は何か言おうとしたが、すぐ口を閉じた。

「五年前、『木曾屋』の徳兵衛は当時作事奉行だった若狭守さまがぽろりと漏らした浜御殿をはじめとする幕府の普請計画を聞き、材木を買い占めたということです。幕府の計画は頓挫《とんざ》しましたが、大火からの復興のために材木が必要になり、高値で売りさばき大儲けをしたということです」

剣一郎は若狭守の顔を見つめ、

「若狭守さまは、この『木曾屋』の動きをご存じでしたか」

と、きいた。

「あとで聞いて、驚いた覚えがある」

「驚いたというのは？」

「普請の話よ」

若狭守はため息混じりに言い、

「まさか、まともに受け取っていたとは思わなかったからだ」

と、口元を歪めた。

「と、仰いますと？」

「確かに浜御殿の改築については費用の算出が進んでいたが、その他の普請はただそういう案もあったというだけで、計画などされていなかった」

「やはり、徳兵衛の早とちりだったと？」

「そうだ」

若狭守は冷笑を浮かべた。

「しかし、徳兵衛は商売人です。若狭守さまの話がほんとうかどうか、裏をとらずに突っ走るとは思えません。もし、火事が起きなければ、『木曾屋』は買い占めのために作った借金とたくさんの材木の在庫を抱えたままとなり、廃業の危機を迎えるようになったかもしれません。そんな危険な真似を徳兵衛がしたとは思えないのです」

剣一郎は疑問を口にする。

「しかし、『木曾屋』は現にそれをしたのだ」

「幕府の普請云々《うんぬん》というのは言い訳で、ほんとうは徳兵衛は火事が起こることを知っていたのでは……」

「ばかな」

若狭守が一笑に付し、

「占い師でもあるまいし」

と、吐き捨てた。

「いえ、徳兵衛は火事が起こることがわかっていたのです」

「何が言いたいのだ？」

若狭守は恐ろしい形相になり、

「まるで、徳兵衛が付け火をさせたような言い方だが、五年前の火事は、小石川にある寺の本堂の床下で寝泊まりしていた浮浪者の火の不始末が原因だったのではないか」

と、押しつけるように言う。

「いえ、じつは最近になって、浮浪者以外の者による付け火だった疑いが出てきました」

「なに」

若狭守は目を剝いた。

「そのことはさておき、先月の火事ですが」

剣一郎は話を進めた。

「徳兵衛は、火事の起こる前に廃業する材木問屋『大島屋』が抱えている材木をすべて高値で買い取っています。さらに着目すべきは、廃業が決まっていながら、『大島屋』は新たに材木を仕入れているのです」

「…………」

若狭守の片頬がぴくりとした。

「なぜ、徳兵衛は『大島屋』の在庫を引き取ったのでしょうか。おまけに、新たに仕入れた材木まで高値で買い取った。それから火事が起こりました。復興のために材木は高騰し、またも『木曾屋』は大儲け」

剣一郎はそこで十分に間をとり、

「いかがでしょうか。やはり、徳兵衛は火事が起こることがわかっていたのではありませんか」

「そなた」

若狭守は鋭い声で、

「すでに、徳兵衛に会っているのであろう」

と、きいた。

「はい。ただ、どうして『大島屋』の在庫を引き取ったのかとききました。すると、勘定奉行の若狭守さまから頼まれたとの苦し紛《まぎ》れの言い訳」

剣一郎は答えて、若狭守の反応を窺《うかが》う。

「そのとおりだ。わしが指示した」

若狭守が言った。

「徳兵衛が話したことはほんとうだというのですか」

剣一郎はきき返す。

「そうだ。わしが、徳兵衛に『大島屋』の在庫を引き取ってやってくれと頼んだのだ」

若狭守は憤然と口にする。

「なぜですか」

「作事奉行のとき、『大島屋』には面倒をかけ、世話になった。廃業すると知り、いくらかでも暮らしに役立つようにと、徳兵衛に頼んで在庫を高値で引き取らせたのだ」

「しかし、徳兵衛がそれでよく承知しましたね。余分な在庫を抱え、それを維持するためによけいな出費も……」

「徳兵衛は五年前の火事で儲けた。だから、今度はそのくらいのことをしてもいいだろうと思ってな」

若狭守は得意そうに言う。

「つまり、五年前に『木曾屋』が儲けたのは、自分のおかげだから、自分の言うことをきくべきだということですか」

剣一郎はわざと若狭守の怒りに触れそうな言い方をした。

「無礼であろう、その言い方は」

案《あん》の定《じょう》、若狭守は怒り出した。

「失礼いたしました」

剣一郎はすぐ謝った。

「今の私の言葉を撤回させていただきます。若狭守さまがそのようなことを徳兵衛に命じるはずはありません」

「………」

若狭守は何か言いたそうだったが、剣一郎は構わず続けた。

「徳兵衛は若狭守さまのおかげで二度も大きな儲けを出しています。若狭守さまの意を酌《く》んで、徳兵衛は自ら進んで『大島屋』の在庫を引き受けたのでしょう」

「青柳剣一郎。何が言いたいのだ。はっきり申せ」

「徳兵衛の強運に二度も若狭守さまが関わっていらっしゃる。まことに、不思議としかいいようがございません」

　剣一郎は穏やかな口調で言い、

「失礼なことをお伺いいたしますが、徳兵衛からは謝礼はあったのでしょうか」

　と、きいた。

「答える必要はない」

　若狭守は強い口調で言い、

「なるほど。これが青痣与力のやり方か。遠回しに核心に近づいていく。そなた、わしと徳兵衛がつるんでいると疑っているのだな」

　と、睨み据えた。

「疑うも何もありません。先月の火事について密告があったと申し上げましたが、同業者の中に『木曾屋』の徳兵衛がひとを使って火事を起こさせたと思っている者がいるのです。二度も大儲けしていることで、疑っていることも事実です。しかし、徳兵衛が付け火をさせたという証はありません。なのに、今後もこの噂が燻《くすぶ》り続けることは決して望ましいことではないでしょう」

　剣一郎は息を継ぎ、

「そこで、改めて『木曾屋』の周辺を調べ、潔白が明かされれば噂も立ち消えましょう」

と、付け加えた。

「これから『木曾屋』の周辺を調べると言うのか」

若狭守が鋭い声できいた。

「はい。明日にでも、この件で『木曾屋』を訪れるつもりです」

「…………」

若狭守は憤然としている。

「また、何かわかり次第、お知らせにあがります。失礼いたしました」

剣一郎は低頭して挨拶したが、若狭守はなかなか立ち上がろうとしなかった。

剣一郎は部屋を出ると、廊下に控えていた武士が会釈《えしやく》をした。来たときも客間まで案内してくれた三十歳ぐらいの端整《たんせい》な顔だちの男だ。

「どうぞ」

その武士に玄関まで案内してもらい、共にやってきた草履《ぞうり》取りと若狭守の屋敷をあとにした。

五

夕方、剣一郎は橋場にやってきた。

料理屋の『ます家』の裏手に向かうと、裏口のそばにいた男が近寄ってきた。

「青柳さま」

太助だった。

「ここでお待ちすれば、いらっしゃると思って」

太助ははにかんで言う。

「そうか。ごくろう」

「『鹿島屋』の内儀に会ってきましたが、六兵衛の容態が安定してきたようです。あとふつかもすれば会話ができるようになると、医者が言っていたそうです」

「あとふつかか。仕方ない」

剣一郎は小屋に向かった。

太助が戸を開ける。

鬼市坊は足を伸ばして柱に寄り掛かっていた。剣一郎が声をかけて土間に入ると、あわてて座り直した。

疲れている様子だった。

「明日、見てもらいたい男がいます」

剣一郎は切り出した。

「見かけは梅太郎の特徴にそっくりで、左の二の腕に火傷跡があるそうです」

「ほんとうか」

鬼市坊は前のめりになり、

「どこだ？」

と、きいてきた。

「深川の木場です。ある材木問屋で下男として住み込んでいます」

「木場？　じゃあ、富岡八幡宮の参道付近に立たせたのは、その男が通りかかるかもしれないからか」

鬼市坊はきいた。

「そうです。しかし、下男だからか、外には出てこなかった。だから、こちらから会いに行こうと思ったのです」

剣一郎は続ける。

「ふだんは木場にいるはずが、先月十五夜の日は、入谷の寮にいたようです。だからといって、その男が付け火をしたという証があるわけではありません。ですが、その男が梅太郎であるかどうか、御坊の目で確かめてもらいたい」

「そうか。とうとう梅太郎が見つかるか」

鬼市坊は感慨《かんがい》を込めて言ったあとで、

「左の二の腕に火傷跡があるから間違いないと思うが、念の為にいくつかその男に問いたい」

鬼市坊は訴えるように、

「私とふたりきりにさせてもらいたい。他にひとがいると、話さないかもしれぬので」

と、要求した。

「いいでしょう」

剣一郎は認めてから、

「御坊。そろそろ、梅太郎についてすべてをお話しくださってもよろしいのではないですか」

と、改めてきいた。

「梅太郎とわかったら、何もかもお話しいたす」

鬼市坊ははっきり言った。

「そうですか。では、それまで待ちましょう」

剣一郎は引き下がり、

「御坊は、梅太郎をどうしようというのか。そのことをお聞きしておきたい」

と、鬼市坊の思惑を探ろうとした。

「もちろん付け火をやめさせるためだが、なぜ、月に魂を奪われるようになったのか。それはいつからか、などを聞きだしたいのだ」

「そうですか」

鬼市坊はまだほんとうのことを話していないと思ったが、あえてそのことには踏み込まず、

「御坊に承知していただきたいことがあります」

と、口にした。

「何か」

「梅太郎とわかったからといって、梅太郎が付け火をしたという証はありませ

ん。なので、事情を聞く必要があります。したがって、梅太郎を大番屋に連れていきたいと思います」

「大番屋に？」

鬼市坊は不満そうな顔をした。

「そうです。御坊に正体を見破られたら、梅太郎は逃げださないとも限りません。梅太郎とわかった時点で、我らが保護します。御坊はまず、その男が梅太郎に間違いがないかを、見て確かめていただき、その後、大番屋にて梅太郎と話し合いを」

剣一郎は説き伏せる。

「わかった」

鬼市坊は間を置いて答えた。

剣一郎は小屋を出た。

翌朝、剣一郎は木場にやってきた。

京之進や六郎が『木曾屋』を見張っていた。夜通し番をしていた手下と交代したばかりのようだった。

「どうだった？」

剣一郎は動きをきいた。

「半吉は『木曾屋』から出ていないようです」

京之進は六郎の手下の報告を伝え、

「それから昨夜、三十歳ぐらいの端整な顔だちの武士が『木曾屋』に入ってい
き、半刻（一時間）ほどいて引き揚げたそうです」

若狭守の家来が剣一郎とのやりとりを知らせに来たのだろう。

「では、行ってくる」

剣一郎はふたりに言い、『木曾屋』に向かった。

土間に入ると、すぐに番頭が出てきて、

「これは青柳さま」

と、近づいてきた。

「主人はおります。どうぞ」

やはり、剣一郎がやってくるとわかっていたようだ。

先日と同じく、手代の吉松が客間まで案内した。

庭から初夏の風が吹き込んでくる。庭に面した廊下を歩きながら、

「そなた、武術の心得があるな」

と、剣一郎はきいた。

「少々」

「どこで覚えた？」

「子どものころ、同じ長屋に住んでいたご浪人さんから習いました」

「そうか」

箒で庭掃除をしている男がいた。遠目だが、梅太郎の特徴を有している。半吉だろう。

半吉が目をつけられているとは、徳兵衛は想像もしていないようだった。

客間に着いて、吉松は下がった。

やがて、徳兵衛がやってきた。

「青柳さま。今日はまた何用で？」

腰を下ろすなり、徳兵衛は口元に笑《え》みを湛《たた》えながらきいた。が、目は笑っていない。

「三月二十二日に小間物屋の富次が殺された」

剣一郎はいきなり口にした。

「青柳さま。なぜ、そのような話を私に？」

徳兵衛は抗議するように言う。

「その日、富次は『木曾屋』に顔を出し、女中相手に商売をしていた」

「富次は十日に一度は顔を出しているようですから、不思議ではありません」

徳兵衛は言い返した。

「そう、そのこと自体は問題ない」

「…………」

「先月の火事の際、出火からほどなく、昌平橋を渡ってきた男が奇声を発しながら湯島の高台のほうに駆けていき、その男のあとをついていった者がいたという。どうやら、その男が小間物屋の富次のようだ」

「…………」

「おそらく、富次はここを引き揚げたあと、どこかで湯島で見かけた男を見たのだ。富次はその男が付け火をしたと思っていたようだ。その男に会いに行ったのが命取りになったのだ」

徳兵衛の顔から笑みが消えた。

「だが、その男がどこの誰か、鋭意《えいい》捜しているが、いまだにわからない」

剣一郎は徳兵衛を油断させるように言う。

「ところで、富次殺しとは別件だが」

そう断ってから、剣一郎は続けた。

「鬼市坊という行脚僧が梅太郎という男を捜している。梅太郎は二十八歳。細身で色白。眉は太くて短い。切れ長の目で、鼻が高く、唇は薄い。背丈は五尺五寸（約一六五センチ）だという」

徳兵衛の表情が陰った。

「心当たりはないか」

剣一郎はあえてきく。

「いや……」

「下男の半吉に似ていないか。じつは、同心の植村京之進が富次殺しの探索で、ここの女中に話を聞きに来た帰り、庭で掃除をしている男を見かけたそうだ。梅太郎には左の二の腕に火傷跡があり、半吉にもそれがあるという」

「半吉が梅太郎だと言うのですか」

徳兵衛はひきつった声できいた。

「いや、まだわからない」

「梅太郎は何をしたのですか」

「それもわからない。鬼市坊が言おうとしないのだ。だが、梅太郎を捜し出したあとですべて話すと約束してくれた」

眉根を寄せ、深刻そうな表情の徳兵衛の顔を見つめ、

「頼みがある。半吉を鬼市坊に会わせたい」

と、剣一郎は口にした。

「……………」

「半吉は梅太郎とかいう男ではありませんよ」

徳兵衛は強い口調で言った。

「どうして、そう言えるのだ」

「それは……」

徳兵衛の声は続かなかった。

「半吉は『木曾屋』に来て八年ぐらいということだが、どういう縁で『木曾屋』に来たのだ？」

「永代橋の欄干《らんかん》にもたれ、しょんぼりしている若い男がいました。気になって声をかけたんです。男は半吉と名乗り、自分はひと付き合いが苦手でなにをやって

もうまくいかない。奉公先をやめさせられ、行く当てもないと言うのです。不憫《ふびん》に思ってうちで働いてもらうことにしました」

　徳兵衛は説明した。

「どこの店で働いていたのだ？」

「きいていません」

「その店で、梅太郎と呼ばれていたのでは？」

「いえ、そんなことは言っていませんでした」

「生まれは？」

「聞いていません」

　剣一郎は立て続けにきく。

「親、兄弟は？」

「わかりません」

「素姓《すじょう》を確かめていないのか」

「はい。どこで生まれ、どんな暮らしをしてきたかは、関係ありませんので」

　徳兵衛はどこまでほんとうのことを言っているかわからない。

「もし、半吉が梅太郎だとしたら、半吉は素姓を隠していたことになるな」

「………」

「ともかく、鬼市坊を半吉に会わせたい」

剣一郎は強く言う。

「わかりました。どうしたらいいでしょうか」

徳兵衛は渋々のようにきいた。

「今、鬼市坊は三十三間堂の境内にいる。そこまで、半吉を連れて行きたい」

「わかりました。行かせましょう」

「では、待っている」

剣一郎は腰を上げた。


三十三間堂の門を入ったところに六郎と手下たちがいた。少し離れた場所に、京之進と鬼市坊がいる。

剣一郎は鬼市坊に近付き、

「じきに来ます」

と、告げた。

「では、私はあそこの前で」

京都の三十三間堂を模して造られ、京都と同じように弓術稽古のために通し矢が行なわれている。

鬼市坊はその本堂の前に顔を向けた。

しばらくして、吉松が半吉を連れてやってきた。

「ごくろう」

剣一郎は声をかける。半吉の目は怯《おび》えたように泳いでいた。

「半吉、そなたに会いたいというのは、あそこにいる行脚僧だ」

鬼市坊はこっちをじっと見つめている。

「ききたいことがあるようだ。行ってくるのだ」

「…………」

何か言いたそうな顔を剣一郎に向けたが、何も言わずに、半吉は鬼市坊のほうに歩いて行った。

半吉は鬼市坊から少し離れたところで立ち止まった。鬼市坊が半吉に近づいた。

鬼市坊の顔は網代笠《あじろがさ》に隠れ、半吉は背中を向けていて、ふたりの表情を窺い知ることは出来ない。

また一歩近付き、鬼市坊は口を開いたようだ。

鬼市坊が一方的に話しかけている。途中、鬼市坊の口が閉じるのは、半吉の返事を待っているからか。

驚いたかのように、半吉の体が少し揺らいだ。鬼市坊の問いかけはまだ続いた。

鬼市坊が懐から何かを取り出した。半吉も何かを鬼市坊に渡した。

やがて、半吉をその場に残して、鬼市坊がこっちにやってきた。

「どうしたのでしょう」

京之進が不審そうに呟いた。

鬼市坊が目の前にやってきた。

「どうでした？」

剣一郎はきいた。

「違った」

鬼市坊が首を横に振った。

「違った？」

剣一郎は耳を疑った。

「似ているが、私が捜している梅太郎ではなかった」

「まさか」

京之進も驚きの声を発した。

「梅太郎には荒々しい雰囲気があったが、あの男は弱々しい。それに、梅太郎なら当然知っているはずのことを知らなかった。親の名も生まれた土地もほんとうに知らないようだった」

「何かを取り出していましたね。何を？」

「根付《ねつけ》だ」

「根付？」

「梅太郎は夜叉《やしゃ》の根付を気に入って持っているということだった。だが、あの男は根付を持っていなかった」

鬼市坊は大きくため息をつき、

「あの男は梅太郎ではなかった」

と、言い切った。

「青柳さま」

そばにいた吉松が声をかけてきた。

「半吉を連れ帰ってよいですか」

半吉は同じ場所に立っていた。

「いいだろう」

剣一郎は許すしかなかった。

半吉のところに吉松が駆け寄った。

ふたりが門を出ていくのを、剣一郎は見送って、

「御坊」

と、鬼市坊に目を向けた。

「これまで、梅太郎に年齢や体型が似た男を見かけても何の手応えもなかった。しかし、半吉にはずいぶん手間取っていた。なかなか判断がつかなかったということですか」

「そうだ」

鬼市坊の答えまで間があった。

「これからどうするつもりか」

剣一郎はきいた。

「また、明日から出直す気持ちで梅太郎を捜すつもりだ。失礼いたす」

鬼市坊は会釈をし、ゆっくりと門に向かった。

「何か妙ですね」

京之進が不審を口にした。

「鬼市坊は嘘をついている」

剣一郎は言い切った。

「じゃあ、半吉は梅太郎で」

六郎が息を呑んで言う。

「そうだ。間違いない。梅太郎だったら大番屋に連れていかれる。だから、違うと言ったのだ」

剣一郎は憤然と言い、

「おそらく、鬼市坊は半吉と後日どこかで会う約束をとりつけたのに違いない。そこで改めて、ふたりきりで何かを語り合うつもりだろう」

と、想像した。

「何を語り合うのでしょうか」

「もしかしたら、ふたりは……」

剣一郎は言いさした。ふたりは父子ではないかと口に出かかったが、先走るのはよくないと自戒した。

「いずれにしろ、ふたりはどこかで落ち合う。半吉と鬼市坊の動きを見張るのだ」

剣一郎は京之進に託すように言い、

「それから、『木曾屋』に行き、人違いだったと徳兵衛に伝えるのだ」

と、付け加えた。

半吉が疑われていると察したら、徳兵衛は身を守るために口封じをしようとするかもしれない。それを防がなければならない。

第四章　行脚僧《あんぎやそう》の正体

一

翌四月六日の朝、剣一郎と太助は木挽町六丁目の古着屋『鹿島屋』に六兵衛を訪《たず》ねた。

六兵衛が臥《ふ》せっている部屋に、内儀《おかみ》のおつやに案内された。

「おとっつあん。青柳さまよ」

おつやが六兵衛の耳元で声をかけた。

六兵衛は目を開けた。

「あうあう」

としか聞こえなかったが、青柳さまと言っているようだった。

「十年前まで本所石原町の長屋で大家をしていたそうですが、大家をやめて三年後、今から七年前に、行脚僧《あんぎやそう》がやってきたそうですね」

剣一郎は問いかけた。

六兵衛は頷《うなず》き、何かを言っている。

「半太郎《はんたろう》だと言っています」

おつやが伝えた。

「半太郎? 行脚僧の名は半太郎というのか」

剣一郎は名に半の字がつく下男《げなん》の半吉を思いだした。

「半太郎は腕のいい錺《かざり》職人で、お梅《うめ》さんというおかみさんとふたり暮らしだったが、突然失踪した」

おつやが六兵衛の言葉をそのまま口にしたが、剣一郎はお梅と聞いて梅太郎という名の意味を理解した。

だが、続いての失踪という言葉に、剣一郎は目を剝《む》いた。

「どうして失踪だと思ったのか」

「事件に巻き込まれた形跡がなかったからです。わけもわからず、お梅さんは悲《ひ》嘆《たん》に暮れていた。お梅さんは身籠《みご》もっていたんです。半太郎の子です。失踪から半年後、お梅さんは男の子を産みました。半吉と名づけられました」

やはり、そうだったかと、剣一郎は納得した。

「お梅さんは半吉を育てながら、半太郎の帰りを信じて待っていました。ところが、仕立ての仕事だけでは生活が苦しく、五年後に長屋を出て行った」

おつやは一生懸命になって、六兵衛の言葉を伝える。しかし、このころになって、剣一郎も六兵衛の言葉が理解出来るようになっていた。

いつしか、剣一郎は六兵衛と直接言葉を交《か》わしていた。

「お梅はどこに行ったのか」

「不忍池《しのばずのいけ》の近くにある料理屋に仲居として働くことになり、近くの長屋に引っ越し、そこから料理屋に通うということだった」

六兵衛は何度も息継ぎをしながら話した。

「もし半太郎が帰ったら、引っ越し先の長屋を教えてやってくれと、お梅さんは私にくどく頼んだ。長屋は池之端仲町の左衛門店《さえもんだな》です。それから十二年後、私は体を壊し、大家をやめることになった。大家でいる間、とうとう半太郎は顔を出さなかった」

その半太郎が二十年ぶりに石原町の長屋にお梅を訪ねた。しかし、長屋にはお梅を知る者はなく、六兵衛の住まいを聞いてここにやってきたのだ。

「半太郎に左衛門店を教えたが、無事に会えたかどうかわからない」

お梅には会えたが、半吉には会えなかったのだ。

半太郎は半吉に会ったことはない。半吉の容貌《ようぼう》はお梅から聞いたのであろう。それを頼りに、鬼市坊こと半太郎は半吉を捜していたのだ。

鬼市坊は半吉のことを梅太郎と言い、事実を隠した。そのわけは半吉が付け火をした男だからだ。

鬼市坊は半吉を捜し出して何をしようとしていたのか。ふたりが父子であることを考えたらある答えが導かれる。

鬼市坊は半吉を密《ひそ》かに始末するつもりなのではないか。

「青柳さま」

六兵衛が呼んだ。

「何か」

剣一郎は顔を向ける。

「半太郎は錺職人としても一人前で、お梅という恋女房がおり、子どもまで授かった。そんな恵まれた身でありながら、なぜ失踪したのか。そのわけがわかったら、ぜひ教えてください」

六兵衛の声が弱くなってきた。夢中で喋《しゃべ》っていて、疲れてきたようだ。

「わかった。知らせよう」

六兵衛は軽く頷いた。

「もう十分だ」

剣一郎は礼を言う。

「おとっつあん」

おつやが声をかける。

六兵衛は頷きながら目を閉じた。


それから、剣一郎と太助は東海道を東に向かった。日本橋を渡り、筋違橋で神田川を越え、御成街道を通って池之端仲町に着いた。

自身番《じしんばん》に寄って左衛門店の場所を聞いた。

長屋木戸を入り、太助が井戸端で野菜を洗っていた四十年配のかみさんに声をかけた。

「この長屋にお梅さんはいらっしゃいますか」

かみさんは立ち上がり、

「お梅さん？」

と、不審そうな顔をした。

「いないけど」

「昔、ここに住んでいたと聞いたのですが」

太助が言うと、かみさんは目を見開き、

「あのお梅さんのことね」

と、驚いたようにきいた。

「ええ」

「お梅さん、亡《な》くなりました」

「亡くなった？　いつですか」

「七年前です」

「七年前……」

「心ノ臓が悪く、長い間寝込んでいました」

「お梅とは親しかったのか」

剣一郎ははじめて口を入れた。

「あっ、ひょっとして青柳さま……」

かみさんは目を瞠《みは》った。

「うむ。すまぬが、お梅のことをいろいろ教えてもらいたい」

「はい。隣り同士で、歳はお梅さんのほうが上でしたけど親しくしてました」

病《やまい》に臥せったお梅の面倒を長屋の皆も見てくれたという。

「お梅には半吉という息子がいたはずだが」

剣一郎はきいた。

「ええ、いました。でも、行方《ゆくえ》知れずに」

「何があったのだ?」

「錺職人の親方に弟子《でし》入りしたのですが、数年後に何か不始末をしてやめさせられたそうです。それで、連絡も寄越さずにどこかへ行ってしまった。十五歳で、まだやり直しもきくのに。それで、お梅さんは心労から倒れてしまったんです。もともと悪かった心ノ臓がだいぶ弱ってきて……」

「不始末が何か聞いているか」

「聞いていません。でも、半吉はちょっと変わった子だったから、ひとと馴染《なじ》めなかったのかもしれません」

かみさんは顔をしかめた。半吉のことを快く思っていないようだった。

「変わった子というと?」

「普段はおとなしいのですが、時々ちょっとおかしくなるんです。夜中に外に出てきてお月様に向かって何かを叫《さけ》んだり」

「やはり……」

剣一郎は呟《つぶや》いた。

「他に何かしたりしたのか」

「いえ、他には何も」

「お梅のところに行脚僧が訪ねて来ていなかったか」

剣一郎は続けてきいた。

「ええ、来ました。鬼市坊さんですね。お梅さんの古い知り合いだったそうです。でも、そのときはお梅さんはもういけない体になっていたんです」

「いけない体？」

「はい。半吉が行方知れずになってからずっと寝込んでいましたが、お医者さんからあと二、三日の命だと告げられた日に、鬼市坊さんがやってきたんです。鬼市坊さんは驚いていました」

「そうであろう。しかし、会えたことは会えたのだな」

剣一郎はやりきれないように言う。

「それが鬼市坊さんが訪ねてきてから、お梅さんは持ち直したんです。顔色も良くなって、まるで快復するのではないかと思えるぐらいに。鬼市坊さんもつきっきりで看病していました。でも、お梅さんはひと月後に亡くなったんです」

かみさんは目を細め、しんみり言った。

「そうか。ひと月はいっしょに暮らせたのか」

剣一郎も切ない思いで呟いた。

「はい。たったひと月でしたが、お梅さんは仕合わせそうな顔をしていました。鬼市坊さんは、梅さんのいい人だったのかもしれませんね……。ただ、最後まで、半吉のことを心配していました」

「半吉は母親の死を知らないのだな」

「知らせようにも居場所がわからないのですから。その後も顔を出したことはなく、知らないままのはずです」

かみさんは詰《なじ》るように言い、

「葬式に鬼市坊さんがいてくれてよかったと思います。親しくしていたひとに見送られて」

と、涙ぐんだ。

「お梅の墓はどこなのだ？」

「谷中《やなか》にある大福寺《だいふくじ》です」

「亡くなったのはいつだ？」

「四月九日でした。朝から冷たい雨が降っている日でした」

かみさんは声を詰まらせた。

今日は六日。三日後が祥月命日《しようつきめいにち》だ。

「半吉が弟子入りした錺職人の親方の住まいはどこだかわかるか」

剣一郎はきいた。

「本郷四丁目です。藤助《とうすけ》親方です」

「いろいろわかった」

礼を言い、剣一郎は長屋をあとにし、本郷四丁目に向かった。

湯島の切通しから加賀前田《かがまえだ》家の上《かみ》屋敷の横を過ぎて本郷四丁目にやってきた。

小商いの店が並ぶ通りの一角に、間口二間（約三・六メートル）ほどで、腰高《こしだか》障子《しようじ》に金槌《かなづち》と簪《かんざし》の絵が描かれている家があった。

「ここですね」

太助が言い、戸を開けた。

板敷きの間に、五人が小机に向かって体を折り、金槌を使っていた。

「ごめんください」

太助が声をかける。

しかし、職人は顔を上げようとしない。

見習いらしい小僧が出てきたので、

「藤助親方にお会いしたい。南町の青柳さまがお出《い》でだと伝えてくんな」

と、太助は言った。

「はい。お待ちください」

目を丸くして言い、小僧は奥の壁際で仕事をしている親方のところに行った。

親方は顔を上げると、すぐに立ち上がった。

肥《ふと》った男だ。上がり框《がまち》までやってきて頭を下げた。

「これは青柳さまで、手前が藤助でございます」

「仕事の手を休ませてすまないが、教えてもらいたいことがある」

剣一郎は切り出した。

「十年以上前のことだが、ここに半吉という男が内弟子《うち》として働いていたと思うが？」

「半吉は確かにおりました。でも、やめていきました」

藤助は表情を曇《くも》らせ、

「半吉が何かやらかしたのでしょうか」

と、きいた。

「いや。そうではない。行方を捜しているのだ」

剣一郎は言い、

「なぜ、ここをやめていったのか知りたい」

と、きいた。

「へえ」

藤助は困惑した顔で、

「この界隈《かいわい》で、半年にわたり、小火《ぼや》騒ぎがありました」

と、口にした。

「小火騒ぎ？」

「へえ。どれも火の気のないところで、付け火だったそうです。幸い、見つかるのが早かったり、うまく火がつかなかったりと、大事にいたらなかったのですが」

藤助は息を継いで、

「ある夜、半吉が家を抜け出して行くのを見かけたんです。半刻（一時間）余り経《た》って帰ってきました。翌日、町役人が本郷菊坂町《きくざかまち》で商家の塀が燃やされたと言ってました。まさかと思い、半吉に昨夜はどこに行っていたんだと問い詰めると、眠れないので散歩をしてきたと答えました。小火のことは知らないと」

藤助はため息をつき、

「昼間、こっそり半吉の荷物を調べたら火打ち石と火打ち金、それに紙などが入っていました。改めて、半吉を問い詰めましたが、付け火は否定しました。ですが、翌朝、起きたら半吉はいなくなっていました。それきり、帰ってきませんでした」

「小火騒ぎはいつも満月の夜かその前後ではなかったか」

剣一郎は確かめた。

「そうです。いつも月が明るい夜でした」

藤助は気がついて叫んだ。

「で、半吉の母親には付け火の疑いについて話したのか」

「はい。最初は、半吉が突然いなくなった、とだけ話したのですが、何かあったのではと執拗《しつよう》に問い詰められて、小火騒ぎとの関係を話しました」

「半吉のことを町役人には？」

「半吉が火を付けたという証《あかし》はありませんでした。それに、大きな被害はなかったので」

藤助は黙っていた言い訳をした。

「その後、半吉の消息はまったく知れなかったのだな」

「はい」

「半吉には親しくしていた者はいたか」

「いません。何を考えているのかわからない男でしたから、周囲の者も付き合いづらかったのでしょう。親方であるあっしに対しても、心を開こうとはしませんでした。職人としての腕はよかっただけに、残念でした」

藤助は悔しそうに言った。

「鬼市坊という行脚僧は訪ねてきたか」

剣一郎は確かめる。

「行脚僧ですか。いいえ」

藤助は首を横に振った。

「来なかったか」

わざわざここに来る必要はなかったということだろう。

「仕事中に邪魔した」

剣一郎は礼を言い、土間を出た。

親方の家を飛び出したあと、八年前に二十歳で『木曾屋』に奉公するまでの五年間、半吉はどこで何をしていたのか。

それにしても『木曾屋』の徳兵衛は半吉の特異な性癖にいつ気づいたのか。

下男として働かせている間に、満月の夜の半吉の異様な様子に気づき、徳兵衛はだいそれた考えを持つにいたったのだろうか。それとも、最初から知っていて、下男に……。

剣一郎はそのことは重要だと思った。

二

本郷からの帰り、剣一郎と太助は下谷広小路から浅草の雷門前を通り、蔵前《くらまえ》を経て浅草御門を抜け、両国橋に向かった。

鬼市坊は半吉を梅太郎ではないと否定した。したがって、いまだに梅太郎を捜しての托鉢《たくはつ》を続けている。嘘《うそ》を吐き通すためにも、今までどおりに梅太郎を捜すふりをしなければならないのだろう。

下谷広小路や雷門前には、鬼市坊はいなかった。次は両国橋の袂《たもと》ではと見当をつけた。

両国橋に近い水茶屋の前で立ち止まり、橋の袂を見る。網代笠《あじろがさ》をかぶった鬼市坊が立っている。

「青柳さま」

六郎がそばにやってきた。

「昼過ぎから、鬼市坊はここに立っています」

もはや行き交う者に注意を向ける必要がないせいか、鬼市坊の立ち姿に凛々《りり》しさがない。

剣一郎は訝《いぶか》った。ときたま、鬼市坊の体が揺れる。足踏みもした。

「あれはほんとうに鬼市坊か」

「えっ?」

六郎は驚いたような顔をした。

「鬼市坊を橋場の小屋からつけていたのか」

「そうです。ずっと手下といっしょにつけていました」

六郎が答える。

「一度も目を離したことはないか」

「朝から下谷広小路に立っていましたが、昼過ぎに移動しました。筋違橋を渡って柳原《やなぎわら》の土手を通って両国に向かい……。あっ」

途中で、六郎が叫んだ。

「どうした?」

「柳原の土手に上がったあと、途中で柳森《やなぎもり》神社の境内《けいだい》に入っていきました。ですが、すぐに出てきて、まっすぐ両国橋に」

六郎は啞然《あぜん》として、

「まさか」

と、声を上げた。

「確かめよう」

剣一郎は鬼市坊のところに向かった。

前に立つと、鬼市坊は一歩体を退《ひ》いた。

違う。鬼市坊ではない。

「笠をとれ」

剣一郎は言う。

男は笠をはずした。四十年配のやつれた顔が現われた。

「おまえは何者だ？」

「へえ、屑拾《くずひろ》いをしている伝助《でんすけ》です」

「その恰好はどうしたのだ？」

「はい。頼まれて」

「誰に？」

「鬼市坊さんです」

「いつ、頼まれたのだ？」

「一昨日です。鬼市坊さんに声をかけられたんです。何かと思ったら、墨染衣《すみぞめごろも》の行脚僧の恰好で両国橋の袂で一日立っていれば礼を弾《はず》むと言われて」

伝助は弁明するように続ける。

「それで今朝、言われたように柳森神社で待っていると、鬼市坊さんがやってきて、着ていた墨染衣をぬいで、あっしに着せて」

「で、鬼市坊のふりをして柳森神社を出て両国橋に向かったのか」

「そうです」

「で、鬼市坊はどうした？」

六郎がきいた。

「用意していた着物に着替えてどこかに消えました」

「逃げたか」

と、剣一郎は呟いた。

「どうしましょうか」

六郎が焦《あせ》ったようにきく。

「今度、鬼市坊が現われる場所は想像がつく。念のために、橋場の小屋を確かめるのだ」

「わかりました」

六郎は手下と共に橋場に向かった。

「役目を果たした。そなたはもういい」

「いいんですかえ、ありがてえ」

伝助はほっとしたように裾《すそ》を尻までたくし上げて去って行った。

その夜、剣一郎の屋敷に京之進がやってきた。

「『木曾屋』にいる吉松という男について少しわかりました」

京之進が切り出す。

「六郎が、芝《しば》界隈を縄張りにしている露月町《ろうげつちよう》の銀次《ぎんじ》という岡っ引きと偶然に出会ったのです。銀次は聞き込みで本郷にやってきていました。そこで、話が弾んで、六郎が小間物屋の富次殺しを探索していると言って吉松の名を出したところ、銀次が目を剝《む》いて喋《しやべ》ってくれたのです」

京之進は経緯《いきさつ》を説明してから話しだした。

「吉松は母親とふたりで神谷町《かみやちよう》に住んでいたそうです。ですが、吉松は三歳のときに母親に捨てられました。長屋の隣に住んでいた千蔵《せんぞう》という男に吉松を預けたまま、二度と長屋に帰ってこなかったそうです。若い男と逃げたのです。野菜の振売《ふりうり》をしていた千蔵は吉松を不憫《ふびん》に思い、引き取って面倒を見たとのこと」

京之進は間を置いてから続けた。

「その千蔵が殺されたそうです。吉松が十歳のときに」

「殺された？」

剣一郎は眉根《まゆね》を寄せた。

「千蔵のかついでいた天秤棒《てんびんぼう》に興味を持って、吉松は肩にかついでみたそうです。ところが、よろけて天秤棒の荷がたまたま通りかかった侍《さむらい》の刀のこじりに当たってしまった。すると侍は怒りだし、吉松を足蹴にした。あわてて、千蔵が飛び出し、侍に謝ったのですが、侍はいきなり刀を抜いて千蔵を斬《き》ったということです。侍は愛宕下《あたごした》に住む旗本だったそうです」

「なんということか」

直参《じきさん》の傲岸《ごうがん》に、剣一郎は激しい怒りを覚えた。

「問題はそのあとです。吉松は同じ長屋に住んでいた浪人に剣術を習い始めたのです。毎夜、近くの空き地で剣術の稽古をしていたそうです。吉松は十五歳のとき、千蔵を殺した侍を待ち伏せして斬殺しました。吉松に斬られた旗本の身内が十五歳の若造に斬られた屈辱に、世間体を考えて病死として始末をしたため、事件にはならなかった。しかし、旗本の身内ふたりが仕返しに向かったものの、逆に吉松に斬られた。吉松はふたりを斬ったあと、追手から逃れるために長屋から出奔《しゅっぽん》したそうです」

京之進は深く息を吸い込んでから一気に吐いて、

「その後の吉松は二十歳のときに『木曾屋』に奉公をするようになりました。徳兵衛は吉松を雇ったわけを、門前仲町の呑《の》み屋の前で五人のごろつきをたちまち倒した吉松に興味を覚え、武術の心得があるので用心棒代わりにもなると思って声をかけたそうです」

「徳兵衛は、同じ時期に吉松と半吉のふたりを雇い入れている。半吉の場合は、両国橋の欄干《らんかん》にもたれ、しょんぼりしている半吉が不憫だったからだという理由だ。吉松と半吉は同い年。同じ時期に『木曾屋』に奉公をしている」

剣一郎は首をひねり、

「吉松と半吉はいっしょに『木曾屋』に入ったのではないか。つまり、ふたりは知り合いだったのかもしれない。ふたりは共に出奔している。どこぞで、ふたりは出会っていたのではないか」

と、想像した。

「ふたりがどこで繋がったか、調べてみます」

京之進は意気込んで言った。

「わしは明日、『木曾屋』に行き、揺さぶりをかけてくる。吉松にも、愛宕下の旗本の件を聞いてみる。吉松がどんな反応を見せるか」

剣一郎はじわじわと追い詰めている手応えを覚えていた。

翌朝。剣一郎は『木曾屋』に行き、客間で徳兵衛と向かい合った。

「すでに伝わっていると思うが、半吉は鬼市坊なる行脚僧が捜していた男ではなかった」

剣一郎は穏《おだ》やかな口調で言う。

「そのようですね」

徳兵衛は厳しい表情で、

「鬼市坊さんと捜している男とはどのような間柄なのでしょうか」

と、きいた。

「それが鬼市坊は言おうとしないのだ。だが、昔別れた子どもではないかと想像している」

「そうですか」

徳兵衛は頷き、

「で、はっきりとひと違いだとわかったのですね」

「本人が違うと言い切ったからな」

剣一郎は思いついたように、

「ところで、吉松のことだが」

と、徳兵衛の顔を見つめ、

「吉松は武術の心得があるということだが、誰に習ったのかを問うたことがあるか」

と、きいた。

「詳しくは知りません。昔のことはどうでもよいことですので」

「そうかな」

剣一郎は意味ありげに言う。

「と、仰《おっしゃ》いますと？」

徳兵衛の目が鈍《にぶ》く光った。

「仮の話だが、吉松がかつてひとを殺したことがあったとしたら、どうする？」

「…………」

徳兵衛は息を呑んだ。

が、すぐに表情を和《やわ》らげ、

「驚かさないでくださいませ。ひとを殺したならば、当然ながら町方である青柳さまたちが見逃すはずないではありませんか」

「そのとおりだ。しかし、見逃すしかなかったのだ。殺された側が、世間体を考えて病死扱いにしたからとか」

「……………」

徳兵衛は不安そうな顔をした。

「気にするな。あくまでも仮の話に過ぎぬ」

そう安心させてから、

「ところで、吉松と半吉、同じ時期にふたりを雇っているな」

と、剣一郎は問いかけを変えた。

「ええ」

戸惑いながら、徳兵衛は答える。

「ほんとうにふたりを別々に雇ったのか」

剣一郎は鋭くきいた。

「……………」

「ふたりは以前から知り合いだったのではないか。そなたはふたりをいっしょに雇ったか、あるいは吉松を用心棒代わりという理由で雇ったあと、吉松から半吉について話を聞いて、半吉まで雇う気になった」

剣一郎は徳兵衛の表情の動きを注視して言った。

徳兵衛の眉がぴくりと動いた。

「どうかな」

剣一郎は返答を求めた。

「ふたり同時か別々かで何か違いがあるのですか」

徳兵衛は苦し紛《まぎ》れのように口をきいた。

「吉松は武術に長《た》けている。だから用心棒代わりになるからと雇う理由もわからなくはない。だが、半吉のほうが腑《ふ》に落ちない。両国橋の欄干にもたれ、しょんぼりしている半吉を不憫だったからだという。ひと付き合いが苦手で奉公先をしくじった半吉に同情したということだが、それだけのことで手を差し伸べるのか」

剣一郎は疑問を投げかけた。

「それまでいた下男《げなん》がやめることになったのです。ちょうど、よいところだったのです」

徳兵衛は言い訳をした。

「しかし、当時半吉は十九か二十歳。『木曾屋』という大所帯の下働きを十分にこなせるか」

「それは大丈夫だと思いました。それより、なぜ、半吉のことにこだわるのでしょうか。鬼市坊さんのほうでひと違いとわかったのではありませんか」

徳兵衛は反駁《はんばく》するようにきいてきた。

「いつぞや話したが、先月の火事の際、出火からほどなく、昌平橋を渡ってきた男が奇声を発しながら湯島の高台のほうに駆けていき、小間物屋の富次がその男のあとを追っていったのだ」

「………」

徳兵衛の顔が強張《こわば》った。

「富次はその男が付け火をしたと睨《にら》んだ。そして、その男を深川で見かけたのだ」

「まさか、それが半吉だと？」

「いや、半吉が付け火の犯人だという証はなにもない」

剣一郎はあえて言い、

「ところでその日、半吉は入谷の寮にいたそうだな」

と、鋭くきいた。

「はい。寮のほうに客を招いており、人手が入り用だったので」

徳兵衛は間を置いて答える。

「客?」

剣一郎は聞きとがめた。

「客とは誰だ?」

「いえ、青柳さまとは関係のないお方ですので」

「その夜は、そなたも寮にいたのか」

「はい」

「ひょっとして客というのは、勘定《かんじょう》奉行の拝島若狭守さま……」

剣一郎は思いつきを口にしただけだ。だが、徳兵衛の顔色が変わった。

「とんでもない。違います」

徳兵衛は頑強に否定した。

だが、徳兵衛の反応は異様だ。ふいを突かれ、つい真実を晒《さら》してしまったのかもしれない。

半吉が付け火をして火事が起こるのを、若狭守は入谷の寮で高みの見物をしていた。そのような鬼畜にも劣る真似をしたとは思いたくない。

しかし、若狭守が自分の腹心を入谷の寮に送り込み、成り行きを見張らせていたことは考えられる。

「若狭守さまでなければ、ご家来衆か」

剣一郎は言う。

「そうではありません」

徳兵衛は必要以上に強く言った。

「まあいい」

剣一郎は曖昧《あいまい》に言い、

「以上だ」

と、話を切り上げた。

徳兵衛は厳しい表情のまま頭を下げて腰を上げた。

剣一郎は土間に下りて、近くにいた吉松に声をかけた。

「何か」

吉松は警戒ぎみに顔を向けた。

徳兵衛や番頭《ばんとう》が驚いたように見ている。

「そなた、野菜の振売をしていた千蔵を知っているな」

「…………」

吉松は生唾《なまつば》を呑み込んだ。

「千蔵はそなたが十歳のとき、理不尽なことで旗本の侍に斬られて亡くなった。間違いないか」

「はい」

吉松は頷く。

「千蔵の仇《かたき》を討つために、そなたは同じ長屋に住んでいた浪人から剣術を習ったと聞いたが、どうだ？」

「仇討ちなんて……。ただ、剣術を習いたかっただけです」

「五年後、千蔵を斬った旗本が何者かに斬殺された。知っているな」

「聞きました」

「聞いた？　仇を討ったのではないのか」

「私は知りません」

吉松は首を横に振った。

「殺された旗本の身内が斬った相手を襲い、反対に斬られたそうだ」

「なんのことかさっぱりわかりません」

吉松はとぼけた。

「そうか」

剣一郎は微苦笑し、

「十五歳で長屋から姿を晦《くら》ましてから『木曾屋』に奉公する二十歳まで、そなたはどこに住み、何をしていたか」

と、問うた。

「本所です」

「本所のどこだ？」

「亀戸《かめいど》です。亀戸天満宮の近くで」

「何をしていた？」

「料理屋で下働きです」

「その頃、半吉と出会ったのではないか」

「いえ、半吉とは『木曾屋』ではじめて会いました」

「ほんとうか」

「はい」

吉松の目が微《かす》かに泳いだ。

なぜ、知り合いだったことを隠すのか。徳兵衛はなぜ、ふたりを同時に雇い入れたことを否定するのか。

すべて、半吉の特異な性質に起因していると、剣一郎は思った。

三

その日の夕方、剣一郎と太助は入谷にやってきた。

『木曾屋』の寮は入谷田圃《たんぼ》の近くにあった。

「じゃあ、聞き込んできます」

太助が町のほうに走っていった。

剣一郎は改めて寮を見つめる。

黒板塀に囲われ、広い庭に二階建ての母屋《おもや》、桜の木が塀越しに見える。今は緑の葉に覆《おお》われているが、先月の十五夜の頃は花が見事に咲き誇っていたに違いない。

方角からして、母屋の廊下に立てば、桜の花の後方の空が炎で紅《あか》く染まっているのが見えたであろう。

大勢のひとが焼け出され、死者も少なくない。付け火の罪は必ず償《つぐな》わせなければならない。

太助が走ってきた。

「青柳さま。わかりました」

太助は息を整え、

「坂本町《さかもとちょう》四丁目の酒屋が、先月の十五日に樽酒を『木曾屋』の寮に届けていました。小僧の話によると、寮の中にお侍の姿もあったそうです」

「やはり」

「それから、仕出《しだし》屋も料理を届けたとのこと。全部で十人前ぐらいだと」

「乗物を見かけたかどうかは？」

乗物があれば、勘定奉行の若狭守がやってきていたことになる。

「乗物は見ていないようです」

裏手のほうに置いたなら、ひと目につくまい。だが、若狭守が来たかどうかはわからない。ただ、状況からして、寮にいた侍は若狭守の家来であろう。

「引き揚げよう」

剣一郎は声をかける。

「青柳さま。乗物を見た者はいないか、もう少し聞き込んでみます」

太助は意気込んで言う。

「では、先に帰っている」

太助と別れ、剣一郎は寮の脇を通り、浅草のほうに向かった。

武家地から寺の多い場所に出た。たまに行き交うひとがいるだけだ。

つけてくる者がいた。ひとり、ふたりではない。

寺の裏手の鬱蒼《うっそう》とした場所に出た。ひと気《け》はない。

地を擦《す》る音が迫ってきた。剣一郎はさっと身を翻《ひるがえ》した。黒い布で顔を覆い、着物の裾を尻端折《しりぱしょ》りした長身の男が抜き身のまま行き過ぎて止まった。

覆面をした侍たちが剣一郎を取り囲んだ。

「青柳剣一郎と知ってのことだな」

剣一郎は編笠《あみがさ》を外して問い質《ただ》す。

正面の肩幅の広い侍が八相《はっそう》に構えて迫った。剣一郎は刀の鯉口《こいぐち》を切る。背後から別の小柄な侍が無言で斬りつけてきた。

剣一郎は振り向きながら抜刀し、背後からの剣を払い、素早く正面に体を戻し、八相の構えから袈裟懸《けさが》けに襲いかかった剣を弾《はじ》いた。

が、相手はさらに激しく斬りつけてきた。剣一郎は相手の剣を払う。相手は休むことなく斬りかかってきた。何度も弾き返すうちに、相手の勢いが弱まった。

「誰の差し金だ？『木曾屋』の徳兵衛か、それとも……」

別の小柄な侍が剣を肩にかつぐようにして突進してきた。

間近に迫るまで待ち、相手が振りかぶった瞬間に、剣一郎は大きく右に飛んだ。その場所に立っていた小肥《こぶと》りの浪人があわてて後退《あとずさ》った。

小柄な侍の剣は空《くう》を斬ったが、すぐに立て直し、再び剣を肩にかつぐようにして猛然と迫った。

剣一郎は刀を峰《みね》に返し、足を踏み込み、すれ違いざまに相手の胴を打った。小柄な侍はうずくまった。

傍観していた仙台平《せんだいひら》の袴《はかま》の大柄な侍がおもむろに近づいてきた。覆面から覗《のぞ》く大きな目が鈍《にぶ》く光った。

他の侍はうずくまった侍を抱えるようにして後ろに下がった。

大柄な侍は正眼《せいがん》に構えた。

剣一郎は剣を下げたまま、

「若狭守さまのご家来とみた」

と、鎌《かま》をかけた。

「…………」

相手は無言で間合いを詰めてくる。

「先月の十五日、『木曾屋』の寮に行ったか」

剣一郎はきいた。

相手は答えようとせず、さらに間合いを詰めてきた。

剣一郎の目に太助の姿が飛び込んだ。太助は寺の塀際に身を隠した。よしと剣一郎は肯《うなず》く。

斬り合いの間に入った刹那《せつな》、いきなり相手は裂帛《れっぱく》の気合で上段に構えて斬り込んできた。剣一郎も踏み込み、襲ってきた剣を鎬《しのぎ》で受け止めた。ずしりと重さを腕に感じた。怪力だ。

ずずっと押されたが、剣一郎も渾身の力を込めて押し返す。再び、相手が力を込めてきた。剣一郎も負けず力を入れる。

鍔迫り合いから両者は離れた。すぐに相手は正眼に構えた。が、切っ先は微かに揺れている。力を込め過ぎて、腕の力が弱っているようだ。

「その構えでは斬れぬ。刀を退《ひ》け」

剣一郎は叫ぶ。

「退かぬなら、こちらから行く」

剣一郎は八相に構えて、つつっと相手に迫った。

剣一郎が剣を振りかざしたとき、背後に殺気。尻端折りした長身の男が剣を逆手《さかて》に握って猛然と突っ込んできた。

剣一郎は横に飛び退いて刃先《はさき》を避けながら剣を振るった。鈍い手応えがあった。長身の男は立ち止まって振り返ったが、右の二の腕から血が垂れた。

いきなり踵《きびす》を返し、男は新堀川のほうに走り去った。

他の侍たちはすでに逃げ去ったあとだった。仙台平の袴の大柄な侍も消えていた。

「太助、頼むぞ」

剣一郎は思わず呟いていた。

その夜、八丁堀の剣一郎の屋敷に、太助がやってきた。

太助は仙台平の袴の侍のあとをつけて行ったのだ。

その表情を見て、首尾よくいったことを悟り、

「太助、ごくろうだった」

と、剣一郎は労をねぎらった。

「あの侍、若狭守さまの屋敷に駆け込みました」

太助は口にし、

「門番に侍の名をきいたのですが、教えてもらえませんでした」

と、口惜《くちお》しそうに言った。

「いい。十分だ」

「それから、寮の周りで聞き込みをして、乗物を見たという者が何人か見つかりました。乗物は昼過ぎに来て、夕方には引き揚げたようです」

「そうか。火事になれば、混乱から屋敷に帰るのが困難になると思ったか。あるいは、火事を見るに忍びないという微かな良心の呵責《かしやく》があったのか」

剣一郎は若狭守の心中を推し量《おしはか》った。

いずれにしろ、『木曾屋』と若狭守はつるんで大惨事を引き起こしたのだ。

「それより、明後日《あさって》だ。四月九日、半吉の母親の祥月命日だ」

剣一郎の脳裏《のうり》に鬼市坊の姿が掠《かす》めた。

一夜明け、剣一郎が朝餉を摂《と》り終えたとき、多恵がやってきた。

「玄関に京之進どのがお見えです。急用だとか」

剣一郎は玄関に出ていった。

「青柳さま。半吉が『木曾屋』を抜け出しました」

京之進は訴え、

「六郎の手下が見張っていたのですが、今朝の未明に裏口から半吉が出て来たそうです。あとをつけたのですが、富岡八幡宮の境内に入ったあと、見失ったということです。申し訳ありません」

と、京之進は不手際を詫《わ》びた。

「心配ない。行き先はわかっている」

剣一郎は言い、

「ふたりが現われるのは明日だと思うが、念のため、今日から谷中の大福寺を見張るように」

「わかりました。では」

「待て」

京之進を引き止め、

「昨夕、『木曾屋』の入谷の寮に行ってみた」

と、昨日の一件を話した。

「火事の起こった夜、入谷の寮に若狭守の家来が来ていたのだ。火事を見届けるためだろう。さすがに若狭守は夕方に引き揚げたようだが」

「なんと無慈悲な連中でしょう。許せません」

京之進も憤怒した。

「その帰り、わしは襲われた」

「えっ？」

「侍は四人いたが、ひとりは若狭守の家来であるとわかった。そして、尻端折りした長身の男は吉松に違いない。その男には手傷を負わせた。『木曾屋』に行けば、はっきりするはずだ」

剣一郎はこれで追い詰めることが出来ると思った。

それから一刻（二時間）後、剣一郎は『木曾屋』の敷居を跨《また》いだ。

なんとなく、『木曾屋』の様子がおかしい。奉公人たちが落ち着きを失っている。半吉がいなくなったからか。

「青柳さま」

番頭が深刻そうな表情で近寄ってきた。

「何かあったのか」

剣一郎は素知らぬ顔できいた。

「じつは半吉がいなくなったのです」

番頭はため息混じりに言う。

「どういうことだ？」

「今朝、夜が明ける前に小屋を出て行ったようです。いつもは明六つ（午前六時）には庭を掃除しているのに、今朝は姿がないので様子を見に行ったら、小屋は蛻《もぬけ》の殻《から》でした」

「心当たりは？」

「わかりませんが、ひょっとしたら鬼市坊という行脚僧と示し合わせていたのではないかと」

番頭が口にする。

「どうして、そう思うのだ？」

「三十三間堂の境内で、鬼市坊は半吉に長いこと何か訴えていたと吉松が言ってました。鬼市坊は半吉と何か約束をとりつけたのではないかと」

「なるほど。吉松の眼力《がんりき》は鋭い」

剣一郎は感心したように言い、

「吉松はどこにいる？」

と、奉公人を見渡す。

「吉松に何か」

「うむ。ちょっと会いたい。呼んでくれぬか」

「それが……」

番頭が言いよどむ。

「どうした？」

「はい。じつは……」

「これは青柳さま」

羽織姿の徳兵衛が現われた。

「吉松のことをきかれました」

番頭が徳兵衛に告げた。

徳兵衛は微かに表情を変え、

「じつは、半吉がいなくなりました。それで、吉松は半吉を捜しに出かけたのです」

と、話した。

「吉松に当てはあるのか」

「ありません。ただ、そんなに遠くに行っていないと思い、駆けずり回っているのに違いありません」

徳兵衛は答える。

「違うな」

剣一郎は否定する。

「何がでございますか」

「吉松が半吉を捜しに駆けずり回っているということがだ」

「なぜでしょうか」

「吉松は走り回ることは出来ぬ」

剣一郎は言う。

「なぜ、そう言い切れるのですか」

「昨日の夕方、吉松はどこにいたかわかるか」

剣一郎は徳兵衛と番頭の顔を交互に見た。

「ここにおりました」

徳兵衛は言う。

「ほんとうか」

「はい」

「妙だな」

剣一郎はわざとらしく首を傾《かし》げ、

「昨日の夕方、入谷で、吉松らしい男を見かけたのだ」

と、口にした。

「吉松はここにおりました。青柳さまがお見かけした男は別人かと思います」

徳兵衛は力を込めて言う。

「そうか。なら、ひと違いであろう。だが、念のために、吉松に会って確かめたい」

「しかし、吉松は入谷に行っていないことは明らかですから……」

徳兵衛はなおも言う。

「会えばはっきりする」

「しばらく戻ってこないかもしれません」

「なぜだ？」

「吉松は半吉が姿を消したことで責任を感じております。半吉を捜し出さないうちは帰れないと思っているのではないかと心配しております」

「半吉の失踪に、なぜ吉松が責任を感じるのだ？」

「ふたりは歳が近く、ひと付き合いが苦手な半吉の世話役を吉松にやらせていたのです。半吉も吉松には心を許していましたから」

「やはり、ふたりは以前から知り合いだったのではないか」

剣一郎は相手の反応を窺《うかが》った。

「いえ」

徳兵衛はかぶりを振った。

「ほんとうか」

剣一郎は徳兵衛を見つめ、

「吉松も半吉も十五、六歳のころに出奔《しゅっぽん》している。ふたりはどこぞで出会い、親しくなったと考えている。ふたりが知り合っていたか否か」

「お言葉でございますが、仮に知り合っていたとしても、そのことを隠す必要はありません。どちらでもよいこと」

徳兵衛は反論した。

「そうだ。どちらでもよいはず。なのに、そなたはふたりの関係を否定する。なぜか」

剣一郎は徳兵衛に一歩近付き、

「そのわけは半吉にあるのではないか」

と、問い質した。

「そんなことはありません」

「半吉にはある性癖があってな」

「………」

「そのことを気づかれまいとしてふたりの関係を……」

「青柳さま。そんな根拠のないことを」

「じつは半吉の素姓《すじょう》を調べ上げている」

「えっ？」

「半吉は本所石原町に住んでいた。父は半太郎、母はお梅という。半吉は錺職人の親方の内弟子になったが，十五歳のとき親方の家を飛び出した。その性癖のせいだ。それが何かわかろう」

剣一郎は徳兵衛を睨みすえて、

「付け火だ。半吉は満月を見ると、火を放ちたくなる性癖があるのだ」

と、突き付けるように言った。

徳兵衛の顔が引きつった。

「小間物屋の富次は火事が起こったとき、昌平橋の袂で火を付けて逃げてきた半吉とすれ違ったのだ。そして、七日後、小間物の商いで訪れた『木曾屋』で半吉を見かけた。その夜、富次はもう一度『木曾屋』に行った。半吉かどうか確かめるためだ」

剣一郎は間をとって続けた。

「富次の相手をしたのが吉松か。吉松は旦那と相談するからと富次を納得させた。そして、帰る富次を追い掛け、新大橋で半吉のことで言い忘れたことがあると話しかけながら、薬研堀に向かう途中で富次を殺害した」

「青柳さま。なんの証があってそのようなことを」

徳兵衛は引きつった声で言う。

「証はない。あくまでも、わしの想像だ」

「そんな作り話をされても」

「昨夕、入谷でわしは襲われた。尻端折りした長身の男に侍が四人。侍のうち三人は金で雇われた浪人のようだが、あとのひとりは勘定奉行の若狭守さまの家来だ」

「どうして若狭守さまの家来だとわかるのですか」

徳兵衛が歯向かうようにきいた。

「引き揚げていく仙台平の袴の大柄な侍のあとをつけさせたところ、若狭守さまの屋敷に入って行ったのだ」

「…………」

「それから、尻端折りした長身の男が吉松だ。わしは吉松の右腕を斬った。吉松の二の腕を見れば、わしを襲った賊かどうかははっきりする。あの傷で、半吉を追っていけるとは思えぬ」

そう言ったとき、戸口にひと影が現われた。

京之進だった。

「青柳さま。わかりました。吉松は冬木町にある井上順安《いのうえじゅんあん》先生のところで、右腕の傷の治療を受けていました」

京之進は医者の家を片っ端から調べていたのだ。

「で、傷の具合は？」

「しばらくは体を動かせないと。動けば傷口が広がってしまうとのこと」

「そうか」

剣一郎は徳兵衛に顔を向け、

「吉松はこの家のどこかにいるな」

と、迫るようにきいた。

「…………」

徳兵衛は黙ったままだ。

剣一郎は口調を改め、

「南町奉行所の与力《よりき》を襲撃し、命を奪おうとした罪は大きい。決して逃れられるものではない。吉松を匿《かくま》うことも同罪だ」

と、激しく責めるように言った。

「吉松のところに案内してもらおう」

京之進が徳兵衛に迫った。

「お待ちを。吉松は確かに二階の奥の部屋で臥せっています。しかし、私は吉松が青柳さまを襲ったなど知りもしませんでした」

徳兵衛は懸命に言う。

「そんな嘘が通ると思うか」

剣一郎が叱咤《しった》するように言う。

「仮に半吉と吉松が青柳さまが仰《おっしゃ》るとおりだったとしても、ふたりがやったことを私は関知していません。私の知らないところで勝手にやったことです」

徳兵衛は逃げを打った。

「そう言い逃れようとすることは想像がついていた。しかし、それが通用すると思うか」

「確たる証はないではありませんか」

「いずれにしろ、半吉と吉松がそなたや若狭守さまの運命を握っていることは間違いない」

剣一郎は間を置き、

「木曾屋徳兵衛。半吉と吉松が自白をする前に、潔《いさぎよ》く罪を認め自訴するのだ。若狭守さまにも、そなたから因果を含めるのだ。さすれば、最悪の事態は免《まぬが》れるかもしれない。家族に累《るい》が及ばぬようにするのだ」

と、説《と》き伏せた。

徳兵衛は青ざめた顔をしていた。

四

朝靄《あさもや》の中、剣一郎と太助は谷中の大福寺に来ていた。京之進たちは大福寺を遠巻きにして待機している。

剣一郎は本堂の回廊に立っていた。ここから墓地の入口が見える。大福寺は藤《ふじ》棚《だな》があり、今は藤が盛りだ。昼間は藤を見物するひとで境内は賑《にぎ》わう。

鬼市坊が来るとしたら、ひと目を避けるために朝、あるいは夕方から夜にかけてだと考えた。

ようやく、東の空が白みはじめてきた。

山門を見張っていた太助が走ってきた。

「鬼市坊らしき男がやってきます」

「来たか」

剣一郎はほっとして、山門に目をやる。

空はだいぶ明るくなったが、まだ靄がかかっている。その靄の中から縞模様《しま》の着流しの男が現われ山門をくぐってきた。

男は花を手にし、俯《うつむ》き加減に足早に本堂に向かってくる。網代笠によれよれの墨染衣の行脚僧の姿ではない。

本堂の間近にきて、顔がはっきりわかった。皺《しわ》が浮き、頰骨《ほおぼね》が突き出て顎が尖った顔は鬼市坊に間違いなかった。鬼市坊ではなく、半太郎として半吉に立ち向かおうとしているのだ。

半太郎は墓地の入口近くにある井戸端に行き、積んである手桶からひとつをとり、水を汲《く》んで墓地に入って行った。

それから、ほどなく若い男が山門をくぐった。半吉だった。

半吉は本堂の脇を通り、墓地に向かった。

半吉が墓地の中に入ったのを確かめて、剣一郎と太助は回廊から下り、墓地に入った。

お梅の墓の場所は確かめてある。墓石の間を縫《ぬ》い、斜面を上がって行く。

墓は樹木に覆われて鬱蒼とした場所を抜けたところにあった。剣一郎と太助は忍んで近づく。

お梅の墓の前で、半太郎と半吉が向かい合っていた。半太郎は手に何かを持って、半吉に突き付けた。守り袋のようだ。半吉も懐《ふところ》から守り袋を取り出した。

同じ柄の守り袋かもしれない。父子の証か。

墓には花が供えられ、線香から煙が立ち上っていた。

半吉がお梅の墓に向かってしゃがみ、手を合わせた。母親の死に目にも会っていない。いや、母親の死んだことさえ、知らなかったはずだ。

やがて、半吉が嗚咽《おえつ》を漏らした。

剣一郎ははっとした。傍《そば》で立っていた半太郎の動きに不審を持った。

半太郎はうずくまって泣いている半吉の背後に立った。懐から何かを取り出した。朝陽を受け、きらりと光った。

匕首《あいくち》だ。半太郎は振りかぶった。半吉の首筋を狙《ねら》って突き刺す気だ。

「待て」

剣一郎は叫んだ。

振り上げたまま、半太郎の動きが止まった。

半吉が驚いたように立ち上がった。

剣一郎は駆けつけ、

「半太郎、そこまでだ」

と、声をかけた。

「どうして、私の名を？」

手を下ろし、半太郎は立ちすくんだ。

「鬼市坊が本所石原町に住んでいたと口にしたことから調べた。鬼市坊が捜していた梅太郎という名は、そなたとお梅の名から作ったのだな。捜していたのはそこにいる半吉」

「………」

半太郎は茫然《ぼうぜん》としている。

「太助、匕首を」

剣一郎は言う。

「はい」

太助が半太郎のそばに行き、匕首を取り上げた。

半太郎はその場にくずおれた。

いきなり、半吉が逃げだした。太助が追う。

「半吉」

半太郎が半吉を目で追って叫ぶ。

「心配ない。逃げられぬ」

剣一郎はそう言ったあとで、

「なぜ、半吉を殺そうとした？」

と、改めて問いかけた。

「半吉は月に魂《たましい》を奪われた男です。炎に執着しています。この先、何度も付け火をし、多くの犠牲者を出すかもしれません。半吉は生きていてはいけないのです。半吉をこの世から消すのは父親である私の役目です」

半太郎は声を絞り出すように言った。

「半吉を殺し、自分もあとを追うつもりだったのか」

「はい。ふたりでお梅のいるあの世に」

「半吉はそなたの気持ちを知っているのか」

「いえ、知りません。私が父親であるという実感もないでしょうし。私でさえ、お梅が私の子を産んでいたことを知りませんでした」

　半太郎はやりきれないように言う。

「二十七年前、そなたはなぜお梅を捨てて出奔したのだ？」

「それは……」

　半太郎は言いよどむ。

「私もまた、月に魂を奪われた男だからです」

「なに、そなたが？」

「異変に気づいたのはお梅と所帯を持つ前の十九歳のときです。満月を見ていたら、なぜか妙に血が滾《たぎ》ってきた。炎を見たいという衝動に駆られ、気がついたとき、空き家の裏塀に火を付けていました」

「なんと」

　剣一郎は驚いた。

「毎月、十三夜の月から丸くなってきます。その頃から月を見ていると血が騒ぐようになって。あるとき、用事で愛宕神社の近くまで行き、帰りが夜になってしまいました。行く手に皓々と照る月。満月の夜でした。私は血が滾り、またも衝動に駆られ、なるたけひと気のない場所を探し、木挽町の空き地の傍にある一軒家の塀を手拭《てぬぐ》いに火を付けて燃やしました。たちまち塀は燃え上がりましたが、そこに突風が吹き、火の粉が飛んで……」

「覚えている、わしがまだ年若いときだ。木挽町から火が出て、日本橋から神田、果ては蔵前まで延焼した。幸い八丁堀は一部が焼けただけで済んだ」

与力、同心の屋敷は被害を免れたが、火の手は神田や柳橋のほうにも延び、蔵前が燃え始めたときに雨が降ってきたのだ。

「あの火事はそなたが」

剣一郎は半太郎の目を見つめた。

嘘をついているとは思えない。また、嘘をつく必要もない。半太郎の言葉には真実味があった。

大火事によって焼失した町の数は百以上。焼死者も多数出た。

「私です、私の仕業《しわざ》でした」

半太郎は胸を掻《か》きむしるように言い、

「私は事態の重大さにおののき、頭の中は渦《うず》が巻いたように混乱し、正気を失い、罪の意識に苛《さいな》まれました。お梅に何も告げることも出来ずに、死に場所を求めて彷徨《さまよ》いました。地獄の業火《ごうか》の中でもだえ苦しみながら、死に切れずに行き着いたのが、越前《えちぜん》の曹洞宗《そうとうしゅう》の寺でした。そこで、二十年近くを苦しみから逃れようと修行に明け暮れて過ごしました」

半太郎は修羅の道を歩む凄惨な生きざまを語り、

「修行の末、己の心を縛っていた何かがなくなり、徐々に自分を取り戻し、俗界のことが蘇《よみがえ》ってきました。なにより、お梅のことです。二十年も放っておいて、今さら顔を出せる身ではありませんが、ともかくお梅がどうしているか、知りたいと思ったのです。それで、行脚僧として禅宗の寺に泊めてもらったり、ときには野宿をして江戸に向かったのです」

と、息継ぎしながら話した。

江戸についてからお梅に巡り合うまでの経緯《いきさつ》は、剣一郎が調べたとおりの流れだった。

「お梅は床に臥していました。お梅は私を温かく迎えてくれました。そして、半吉という子どもがいたことを打ち明けたのです。私の子どもです。でも、六年前に住込んでいた親方の家を出奔し、それからまったく音沙汰もなく……」

半太郎は暗い顔をして、

「お梅は半吉が出奔したわけを親方から聞いて愕然《がくぜん》としたそうです。半吉は満月の夜に付け火をしていたようです。半吉は私と同じで月の光に血を滾らせ……。幸い、発見が早く、大事に至らなかったそうですが、親方から問い詰められて親方のもとを飛び出し、そのまま帰ってくることはなかったということです」

　半太郎の息づかいが荒くなったが、何度か深呼吸をした。

「お梅は半吉を見つけだして守ってやらないと、また付け火をするかもしれない。大事にならないうちに半吉を見つけてくれと。それから、私は各地の辻に立ち、托鉢を装いながら半吉を捜し続けました。会ったことのない息子ですが、背格好や顔だちなどを頭に入れ、親子ならば何か感じるものがあるかもしれないということを頼りに。しかし、五年前の二月十五日」

　半太郎は言葉を詰まらせ、

「皓々と照る月を眺めながら、この月影に魂を奪われた者がいると感じ取りました。それは半吉に違いない。なんとかしなければならないとうろたえ、何かを口走っていたのかもしれません」

「そのとき、わしが声をかけたのだ」

「はい。考えすぎかもしれないと思おうとしたとき、半鐘《はんしょう》が鳴ったのです。私は火元のほうへ駆けました。大風に煽《あお》られて飛び火し、湯島から神田辺りも燃え上がりました。私は火がまわっていない下谷広小路から湯島の切通しを経《へ》て、火元と思われる本郷、小石川方面に向かったとき、奇声を発しながら走ってくる若い男とすれ違いました。二十二、三歳。細身で色白。眉は太くて短い。切れ長の目で、鼻が高く、唇は薄い。背丈は五尺五寸（約一六五センチ）ぐらい。お梅から聞いた半吉の姿に似ているだけでなく、顔も若い頃の私にそっくりでした。半吉に間違いないと、運命の出会いだと思ったのも束の間、すでに男は野次馬の群れに紛れていました」

「そうか。そのとき、半吉と出会っていたのか」

剣一郎は呟く。

「五年前の大火によって、たくさんの町家が焼失し、大勢のひとが死にました。私が引き起こした大火に匹敵するような大惨事であり、私は胸をかきむしり、塗《と》炭《たん》の苦しみを味わいました」

半太郎は息継ぎをし、

「お梅は息を引き取るとき、こう言ったのです。万が一にも半吉が大罪を犯してしまったら、おまえさんの手で半吉を必ず……」

と、声を震わせた。

「お梅が半吉を殺せと？」

「……はい。これ以上の罪を犯させたくないからでしょう」

半太郎は言ってから、

「捜し出せないまま、五年後にとうとう恐れていたことがまた起こりました。先月の満月の夜、半吉はまたしても付け火を……」

「半吉の仕業だと思った理由は？」

剣一郎はきいた。

「皓々と照る月です。半吉の血が騒ぎ、抑えきれなくなっていると思いました。もはや、猶予はない。一刻も早く、半吉を見つけて止めねばと焦りました。ですから、青柳さまから声をかけられたとき、捜すのを助けてもらうことにしたのです」

「三十三間堂の境内で半吉と会ったとき、そなたはどう説き伏せ、今日の約束をさせたのだ？」

「お梅が死んだこと、私が父親だと訴え、母親の祥月命日が近いから、お梅が眠る墓の前で会おうと」

「半吉は素直に応じたのか」

「最初は拒んでいました。ですが、お守り袋です。お梅は半吉が親方の内弟子になるとき、籠目《かごめ》の文様の着物を裂いて、お守り袋を作り、半吉に持たせたのです」

「籠目の文様か」

籠目とは竹籠の網目を文様にしたものだ。邪気を祓《はら》い災厄を免れると言われている。

「お梅は半吉の無事息災を祈ってお守り袋を作って持たせたのです」

「そのお守り袋を半吉はいまだに持っていたのか」

「はい。肌身離さず持っていました。半吉に持たせるお守り袋を用意するとき、お梅は私のぶんも作っていたのです」

「そうか。あのとき、そのお守り袋を見せあったのか」

三十三間堂の境内で、ふたりが懐から何かを取り出したのを見ていた。それがお守り袋だったのだ。

「ふたつのお守り袋を見て、半吉は思うところがあったのか、墓参りに応じてくれました」

「そのとき、半吉の命を奪う気でいたのだな。そして、そなたも死ぬ気だった」

「まさか、青柳さまに私の思惑を気づかれていたとは……」

半太郎は無念そうに言い、

「半吉は死罪、火あぶりの刑を免れません。ならば、私もいっしょにお梅の元に行こうと……」

と、地べたに突《つ》っ伏《ぷ》して泣きじゃくった。

太助がやってきた。

「京之進さまが半吉を庫裏《くり》の土間に捕らえています」

「よし、すぐ行く。半太郎を頼む。落ち着いたら庫裏まで」

「わかりました」

太助は応じた。

剣一郎は墓地を出て本堂をまわり、庫裏に向かった。

庫裏の入口に六郎が立っていた。

「こちらです」

六郎が土間に招じた。

土間に敷かれた莚《むしろ》の上で半吉が畏《かしこ》まっていた。

「青柳さま」

京之進が近寄り、

「半吉は肝心なことは喋りません」

と、渋い顔で言った。

剣一郎は半吉の前に立った。

「半吉。そなたの父の半太郎から話を聞いた」

「父じゃありません。知らないひとです」

半吉は振り払うように言う。

「会ったこともなかったのだから、そういうのも無理はない。だが、そなたは半太郎とお梅の間に生まれたことに間違いない」

剣一郎は諭《さと》すように言う。

「半太郎がお梅とお腹の中にいるそなたを捨てて行方をくらましたわけを聞いたな。半太郎は満月の夜に付け火をし、大火を引き起こした。多くの死者を出し、良心の呵責から江戸を離れた。業火の中でもだえ苦しむように、半太郎は生き地獄を味わってきた」

「………」

「半太郎は二十年経ち、やっと自分の罪業《ざいごう》と正面から向き合うことが出来るようになり、そして捨ててきたお梅のことが気になって江戸に舞い戻り、お梅と再会した。そこで、そなたのことを知ったのだ。半太郎はそなたの父親だ」

「父親なら、どうして私を殺そうとするのですか」

半吉が言い返す。

「父親だから、そなたを殺し、自分も死のうとしたのだ」

「父親だから？」

半吉は不審そうな顔をした。

「そなたにも半太郎と同じ性癖があった。皓々と照る月の光を浴びると、燃え盛る炎が見たくなるのだ。どうだ？」

「…………」

「半吉。先月の火事に関わっているな」

「…………」

「五年前の大火も、そなたの仕業だ。違うか」

剣一郎は強い口調で迫る。

「そなたはこれからも満月の夜に付け火をするかもしれない。それを阻止するには、捕縛してもらうことだ。だが、付け火は火あぶりの刑に処せられる。父親である半太郎は、そなたにそんな死に方をさせたくなかったのだ。だから、自分の手でそなたの命を奪うことにした。そのあとで、半太郎は自分も死ぬつもりだった。親が我が子を手にかけるなど、どんなに悲しく、辛いことか。しかし、半太郎にはそれしか術《すべ》はなかったのだ」

剣一郎は俯いている半吉を見つめ、

「そなたは親方のところを飛び出したあと、母親にも黙ってどこかへ行ってしまった。母親が亡くなったことさえ知らず」

「…………」

「籠目の文様のお守り袋は、そなたの息災を祈ってお梅が作ったものだ。母親はいつもそなたのことを気にかけていたのだ」

「おっかさん」

半吉が呟いた。

「半吉、正直に何もかも言うのだ」

「…………」

半吉は嗚咽をもらした。

半吉の変化を見てとり、剣一郎は黙って見守った。

「私です。先月の火事も五年前のも私がやりました」

半吉は顔を上げて口にした。

「先月の火事はどこにどうやって火をつけたのか」

「神田多町にある下駄屋の裏手で、油を染み込ませた手拭いで石を包み、火を付けて塀の中に投げ込みました」

剣一郎は頷き、

「五年前は？」

「小石川の寺の本堂の下に、同じように石を手拭いで包み、火を付けて投げ込みました」

半吉が付け火の犯人に間違いなかった。

「満月を見ると付け火の衝動に駆られるということだが、五年前と先月の火事とでは五年の隔たりがある。その間、満月は毎月やってくる。もちろん、雨や曇りの日もあるだろうが、それでも満月の日がかなりあったはずだ。そのときはどうしていたのだ？」

剣一郎は疑問を口にした。

「『木曾屋』の旦那の命令で、吉松が私を土蔵に閉じ込め、外に出ないように見張ってくれていたのです」

「月を見なければ火をつけたいという衝動に駆られないのか」

「明かり取りから射し込む月光に心が乱れ、体が痙攣《けいれん》したようになりますが、一刻の辛抱でやみます」

「吉松とそなたの関係は？」

「親方の家を出て当てもなくあちこちを彷徨い、行き着いたのが亀戸でした。亀戸天満宮の近くの女郎屋で下働きをしていました」

「なるほど。そこで、吉松と出会ったのだな」

「はい」

「吉松も女郎屋で働いていたのか」

「いえ。ある満月の夜、一軒家の塀に火を付けようとしたとき、吉松が現われたんです。だから、自分の性癖を吉松に話しました。それから打ち解けて、私は下働きをやめ、吉松とふたりで空き巣やかっぱらいなどをして……」

　半吉は正直に話しているようだ。

「そんな暮らしが続いたある日、吉松がごろつきと喧嘩《けんか》になって相手をあっという間にやっつけてしまったんです。たまたま、それを見ていたのが『木曾屋』の旦那で、吉松に声をかけ、用心棒代わりにもなるからと奉公するように誘ったのです。吉松は私もいっしょにと旦那に頼みました。最初はいい顔をしなかったのですが、吉松が私の性癖を話すと、旦那はしばらく考えてから、ふたりいっしょに『木曾屋』に来いと」

「なるほど」

火事で潤うこともある材木商の主の徳兵衛は、半吉の性癖が何かに使えると考えたに違いない。

「それが八年前だな」

「はい。旦那は満月の夜ごとに、私の様子を見ていました。何度か、付け火のために外をふらつきましたが、そのたびに吉松が私を取り押さえました。私の性癖がはっきりわかると、旦那は満月の夜は私を土蔵に」

「五年前の火事のときは？」

「満月の数日前から、入谷の寮に行くように言われ、満月の夜を入谷の寮で迎えました。皓々と照る月に私は血が滾り、寮を飛び出し、小石川の寺に行き着いたのです」

「五年前と先月の火事では手拭いに油を染み込ませて火を付けている。どうしてだ？」

「寮にありました」

徳兵衛が用意していたのだ。

剣一郎は京之進の顔を見た。

代わって、京之進が半吉に声をかけ、

「小間物屋の富次を知っているか」

と、きいた。

「はい。『木曾屋』に出入りをしている商人です。先月の火事のとき、昌平橋を渡ったところで見られたようです」

半吉は素直に答える。

「その七日後、富次は殺された。殺したのは吉松だな」

京之進が確かめるようにきいた。

「そうです。その日の夕方、旦那は出かけていて会えなかったので、富次は夜になって旦那に会いにきたんです、旦那に会い、私が付け火をしたと訴えたのです。旦那は調べておくと言って富次を帰し、吉松にあとを追わせたのです」

半吉は苦しそうに話した。

「そなたと吉松はどのような関係だ？　どうも対等のように思えぬが」

剣一郎はきいた。

「私は吉松がいなければ何も出来ないのです」

「吉松に支配されていたということか」

剣一郎は合点し、

「そなたは吉松の意のままに動かされていたわけだな。その吉松は徳兵衛の命《めい》に従っていたのだ」

と、吐き捨てるように言った。

ひと月後、半吉に永《なが》の遠島《えんとう》の刑が下された。

本来なら火あぶりの刑になるべきだが、罪一等を減じられて三宅島への遠島となった。この裁きの裏には剣一郎の訴えがあった。

半吉の特異な性癖は病《やまい》であり、また、徳兵衛と吉松が半吉の病気を利用して付け火をさせたのである。半吉は付け火をするとき、紙に火を付けて塀を燃やしていたが、五年前の大火と今年三月の火事では油を染み込ませた手拭いに火を付けている。この手拭いと油を用意したのは徳兵衛と吉松であり、半吉は言われるままに従わざるを得なかった。剣一郎はそうかばったのだ。

『木曾屋』の徳兵衛と吉松は半吉を利用して付け火をさせ、大惨事を引き起こした罪により、火あぶりの刑に処せられることになった。

勘定奉行の拝島若狭守は徳兵衛との共犯を頑強に否認したが、職を解かれ、今は謹慎の身であった。

裁きが下って十日後の夜、剣一郎の屋敷に半太郎がやってきて庭先に立った。

半太郎は墨染衣を着て、手甲脚絆《てこうきやはん》をつけていた。今も辻に立ち、托鉢を続けているようだ。ひと捜しのためではない。純粋に修行のためだ。

「青柳さま。お許しが出ました」

半太郎は弾んだ声で言った。

「そうか。それはよかった」

剣一郎は三宅島について調べると、住職が亡くなって無住の寺があることを知った。半太郎に、そのことを教えたのだ。

「下田《しもだ》韮山《にらやま》代官所から知らせがあり、無住だった寺の住職になる許しが出ました」

「うむ」

剣一郎は笑みを浮かべた。

「三宅島への回船が半月後に下田を出航するそうで、その船に乗せてもらい三宅島に向かうことになりました」

回船は江戸からの荷を積み、島に帰る。その船に乗せてもらえることになったという。

「先に行き、半吉を待つか」

「はい」

流人船は春と秋に伊豆《いず》七島に向かう。今度の出航は秋で、半吉はあとふた月余り、牢屋敷で待たねばならない。

「残りの人生を島で半吉と共に過ごすのか」

流人の半吉といっしょに暮らせるわけではないが、同じ島にいれば、いつでも会うことは出来るはずだ。

「分骨して、お梅の墓を三宅島にも建てるつもりです。半吉といっしょに暮らせるわけではありませんが、同じ島で三人いっしょに過ごすつもりです」

二度と江戸に戻れない寂しさを振り払い、半太郎は満足そうに言った。

「三人でか」

剣一郎は目を細めた。

半太郎が引き揚げたあと、太助が言う。

「半太郎さん。うれしそうでしたね。あのひとがあんな顔をするなんて」

「数奇な運命に翻弄《ほんろう》されて失った半生を少しでも取り戻してもらいたい」

剣一郎は半太郎と半吉父子の平穏を祈った。

一〇〇字書評

切り取り線

購買動機（新聞、雑誌名を記入するか、あるいは○をつけてください）	
□（　　　　　　　　　　　　）の広告を見て	
□（　　　　　　　　　　　　）の書評を見て	
□ 知人のすすめで	□ タイトルに惹かれて
□ カバーが良かったから	□ 内容が面白そうだから
□ 好きな作家だから	□ 好きな分野の本だから

・最近、最も感銘を受けた作品名をお書き下さい

・あなたのお好きな作家名をお書き下さい

・その他、ご要望がありましたらお書き下さい

住所	〒				
氏名		職業		年齢	
Eメール	※携帯には配信できません	新刊情報等のメール配信を 希望する・しない			

この本の感想を、編集部までお寄せいただけたらありがたく存じます。今後の企画の参考にさせていただきます。Eメールでも結構です。

いただいた「一〇〇字書評」は、新聞・雑誌等に紹介させていただくことがあります。その場合はお礼として特製図書カードを差し上げます。

前ページの原稿用紙に書評をお書きの上、切り取り、左記までお送り下さい。宛先の住所は不要です。

なお、ご記入いただいたお名前、ご住所等は、書評紹介の事前了解、謝礼のお届けのためだけに利用し、そのほかの目的のために利用することはありません。

〒一〇一‐八七〇一
祥伝社文庫編集長　清水寿明
電話　〇三（三二六五）二〇八〇

祥伝社ホームページの「ブックレビュー」からも、書き込めます。

www.shodensha.co.jp/bookreview

祥伝社文庫

父《ちち》よ子《こ》よ　風烈廻《ふうれつまわ》り与力《よりき》・青柳剣一郎《あおやぎけんいちろう》

令和 7 年 3 月 20 日　初版第 1 刷発行

著　者　小杉健治《こすぎけんじ》
発行者　辻　浩明
発行所　祥伝社《しょうでんしゃ》
東京都千代田区神田神保町 3-3
〒 101-8701
電話　03（3265）2081（販売）
電話　03（3265）2080（編集）
電話　03（3265）3622（製作）
www.shodensha.co.jp
印刷所　堀内印刷
製本所　積信堂
カバーフォーマットデザイン　中原達治

Printed in Japan ©2025, Kenji Kosugi　ISBN978-4-396-35108-3 C0193

祥伝社文庫の好評既刊

小杉健治
裁きの扉
刑事の失踪、調査員の謎の死――幼稚園の廃園と土地売却に加担する、悪徳弁護士の封印した過去とは？

小杉健治
灰の男（上）
B29を誘導するかのような放火、空襲警報の遅れ――昭和二十年三月十日の東京大空襲は仕組まれたのか!?

小杉健治
灰の男（下）
愛する者を喪いながら、歩みを続けた昭和の人々への敬意。衝撃の結末が胸を打つ、戦争ミステリーの傑作長編。

小杉健治
容疑者圏外
夫が運転する現金輸送車が襲われた。共犯を疑われた夫は姿を消し……。一・五億円の行方は？

小杉健治
死者の威《い》嚇《かく》
身元不明の白骨死体は、関東大震災で起きた惨劇の爪痕なのか？　それとも――歴史ミステリーの傑作！

小杉健治
もうひとつの評決
その判決は、ほんとうに正しかったのか？　母娘殺害事件を巡り、6人の裁判員は究極の選択を迫られる。

祥伝社文庫の好評既刊

畠山健二　新　本所おけら長屋（一）

二百万部超の人気時代小説、新章開幕。貧乏長屋の住人たちが巻き起こす、涙と感動の物語をご堪能あれ！

辻堂　魁　風の市兵衛

さすらいの渡り用人、唐木市兵衛《からきいちべえ》。心中事件に隠されていた奸計《かんけい》とは？　〝風の剣〟を振るう市兵衛に瞠目！

岡本さとる　取次屋栄三《えいざ》　新装版

武士と町人のいざこざを、知恵と腕力で丸く収める秋月栄三郎。痛快かつ滋味溢れる傑作時代小説シリーズ。

今村翔吾　火喰鳥《ひくいどり》　羽州《うしゅう》ぼろ鳶《とび》組

かつて江戸随一と呼ばれた武家火消・源吾《げんご》。クセ者揃いの火消集団を率いて、昔の輝きを取り戻せるのか⁉

西條奈加　御師弥五郎《おんしやごろう》　お伊勢参り道中記

無頼の御師が誘う旅は、笑いあり涙あり、謎もあり――騒動ばかりの東海道をゆく、痛快時代ロードノベル誕生。

あさのあつこ　にゃん！　鈴江三万石江戸屋敷見聞帳

町娘のお糸が仕えることなった鈴江三万石の奥方様の正体は――なんと猫⁉　抱腹絶倒、猫まみれの時代小説！